AMOR NOS TRILHOS

Sebastião Sousa

AMOR NOS TRILHOS

**1ª Edição
POD**

Petrópolis
KBR
2014

Revisão de texto **Noga Sklar**
Editoração **KBR**
Capa **KBR sobre ilustração de Valdeci Carvalho.**

ISBN: 978-85-8180-327-2

KBR Editora Digital Ltda.
www.kbrdigital.com.br
www.facebook.com/kbrdigital
atendimento@kbrdigital.com.br
55|24|2222.3491

FIC027000 - Romance

Sebastião Sousa nasceu em Fortaleza. É formado em Letras pela UECE e desde a adolescência atuou em jornais estudantis, quando ganhou gosto pela escrita. Tem vários textos publicados no jornal literário *O Binóculo*. Sua monografia sobre *Vidas Secas* foi publicada no periódico *Diário do Nordeste*.

Email: sebastiansousite@yahoo.com.br

Sumário

Prefácio
As faces da violência em *Amor nos trilhos*

Amor nos trilhos, romance de estreia do jovem escritor Sebastião Sousa, traz à baila questionamentos importantes sobre a presença da violência nas narrativas contemporâneas brasileiras. A violência é tema recorrente na ficção literária, e suas configurações revelam bastante sobre os agrupamentos sociais em que ela floresce e se fortifica, seja como forma de resistência a ambientes hostis, seja como forma de libertação.

No romance em tela que surge no panorama da literatura cearense, teremos quadros vivos de violência urbana, sobretudo a que se constitui às margens da sociedade citadina, burguesa e prototípica. Fala-se nesta narrativa de uma história de amor, mas seu narrador vai além do simples entrecho amoroso pueril entre a doce menina-mulher Maria e o *bad boy* He-Man.

Ao situar sua narrativa na Favela dos Trilhos, o narrador remete seus leitores a uma conhecida área da cidade de Fortaleza, uma das várias comunidades organizadas à margem de trilhos, constituindo cinturões de miséria estrutural cujo ápice de pobreza foi alcançado, sobretudo, entre as décadas de 1980 e 90. Muitos aspectos do romance nos levam a refletir sobre a formação desses grandes conglomerados humanos, nascidos a partir da falta de planejamento urbano e de políticas sociais de assistência à moradia. Ao focalizar a vida que anima uma das muitas periferias de nossa cidade, o autor outorga voz às margens, oferecendo um recorte instigante àqueles que desconhecem o lado B de Fortaleza ou o conhecem apenas como notícia distante.

O argumento central do romance é o encontro amoroso entre He-Man, participante de uma das gangues da favela, e Maria, uma adolescente que no auge de sua paixão juvenil ignora quão criminoso é seu amado. Maria sofre o baque da perda do pai amoroso, e, desolada, necessita de outro referencial masculino — no caso, He-Man, arquétipo do rapaz-homem encantador para mocinhas inexperientes.

Versado nos mais diversos trambiques, He-Man é traficante, leva-e-traz da gangue, um assassino cruel que segue um código de honra e ética instaurado pela vivência nas ruas. Os valores morais defendidos e incorporados pelo personagem talvez choquem à primeira vista, mas aos poucos são compreendidos dentro das situações construídas pela narrativa. Pelo modo como apresenta o caráter de suas criaturas, o autor faz questão de marcar sua diferença em relação aos personagens. A voz que conduz o romance não se mistura às misérias apresentadas, antes as apresenta como um espectador, por vezes entristecido diante da decadência moral encarnada por seus heróis, um modo de narrar que nos leva a pensar sobre procedimentos narrativos adotados por parte da literatura brasileira da década de 1930. Em *Amor nos trilhos*, temos um narrador bem-comportado, assustado diante da degradação sofrida por Maria e torcendo por sua recuperação, mas extremamente cruel no que diz respeito ao desfecho da história.

Nem tudo, porém, é violência em *Amor nos trilhos*. Há que se ver ainda como se divertem os moradores da comunidade, com festinhas no clube Porcão, o consumo de álcool, maconha e drogas mais pesadas, festas patrocinadas por patroas que apadrinham os mais pobres, em suma, uma série de momentos de prazer para os personagens, mas que, para o leitor, surtem o efeito de instantes de entorpecimento, como se os próprios personagens não tivessem a consciência suficiente de se perceberem em decadência, afundados num sistema de opressão contínuo, sem saída, confinados à vida medíocre da comunidade, sem maiores perspectivas.

Essa consciência não chega nem para Maria, perdida num labirinto de fantasias, nem para He--Man, mergulhado na vida de gangueiro. Quando o casal pensa em vislumbrar qualquer possibilidade de mudança, são solapados pelo sistema. A única esperança possível, de vida ainda imaculada, é uma criança cujo destino o romance não acompanha, final um tanto quanto amargo para um criador aparentemente compadecido por suas criaturas.

Esses e outros elementos podem ser encontrados em Amor nos trilhos, cuja leitura proporcionará momentos de reflexão sobre o poder destruidor e libertador da violência em comunidades às margens da respeitável vida burguesa da cidade de Fortaleza.

Sarah Forte Diogo
Doutoranda em Letras pela UFMG e Mestre em Letras pela UFC

Capítulo 1
Favela

"Foooon... Foooon... Foooon", grita arrogante o trem velho, mal-educado, enferrujado. Vai desengonçado cortando a imensidão de casebres, vira *prum* lado, vira *pro* outro. São cinco da manhã.

A velha máquina traz consigo o fim do sono. O canto dos galos parece obedecer a certa sincronia, como numa ópera de gritos roucos. Ouvem-se cães a ladrar, tiros na madrugadinha, sirenes da polícia, de ambulância e sabe-se lá mais de quê; também gritos distantes. Enfim, um dia igual a qualquer outro ali na Favela dos Trilhos em Fortaleza.

Ao centro encontra-se a estrada de ferro, com os trilhos dispostos sobre os dormentes de madeira apodrecida. Ladeando-a, tanto à direita quanto à esquerda, moradias precárias. Na verdade nem existiam, não haviam sido concebidas após algum planejamento. Não: apareceram como ervas daninhas nas primeiras chuvas de inverno e logo se alastraram por todo o lugar. Surgiram de supetão, primeiro essa aqui, depois aquela ali, e logo mais uma, e outra após a outra. Assim surgiram ruas, vilas, becos. Isso, quanto ao aspecto arquitetônico. Muitas outras coisas apareceram, coisas de carne e osso, capazes de sentir, pensar e sonhar.

A favela acorda, após a noite maldormida, e a vida continua. O sol matutino queima a pele proletária, pessoas caminham seguindo a trilha do trilho. São muitas, levam sacolas; a jornada será longa, jornada de formiga operária. Sim, formigas. Duvida? Agem tal e qual, fazem filas, desfazem, vão e voltam, umas para cá, outras para lá. Levam cargas. Algumas formigas estão à procura de trabalho, logo, levam pisões. Dois, três, quatro pisões. Que fazer? Querem dignidade, precisam lutar e sonhar para viver.

As casinhas, apesar de tamanha pobreza, procuram mostrar alguma beleza por meio de cores chamativas. Muitas não têm reboco, mesmo assim a tinta escorre pelos tijolos. Outras, nem isso, então os cartazes da última eleição servem de reboco e tinta, rostos nunca mais vistos, números esquecidos, políticos invisíveis. Quem passa no trem em época de Natal, Carnaval, São João ou Copa do Mundo, e volta o olhar para a janela, vê uma aquarela: preta, verde, azul, branca, cinza; tantas cores...

As mãos grossas de calos, as faces enrugadas com as marcas do sol não deixam negar: vieram do interior, do sertão. Sim, formigas sertanejas, aquelas que não desanimam facilmente. Tiveram a visão da cidade grande, onde tudo pode e deve acontecer, e essa visão acaba por provocar pesadelos. Nem tudo é como se imaginava.

Na verdade quase nada se compara à miragem d'antes, e assim mesmo é melhor que a sequidão do torrão natal. Regressar ao interior? Mas como? Estando envolvidas com tantas dívidas, não tendo nem o suficiente para se alimentar dignamente, exploradas por subempregos e já afeiçoadas a certos vícios da metrópole?

Dentro das precárias moradias, bocas desdentadas esperam abertas, ansiosas pela chegada de alimento, assemelhando-se a passarinhos novos no ninho. Pode ser farinha com água, não faz mal, tem é que encher o bucho. Sobre a mesa, TV em preto e branco faz o tempo passar. Passam as horas, vem o sono, passa o trem, passa o sono. E a fome não passa.

Ah... e quem não quereria comer a carne da propaganda do supermercado? Qual criança daquelas não fica com a boca cheia d'água quando o iogurte surge na telinha? Poderia vir cinza mesmo, igual ao anúncio. Lambem os beiços, escutam indiferentes ao reclame da barriga impaciente, sentem a dor de beliscões nas tripas. Mudam de canal, e se a comida virtual persiste em outra emissora, o aparelho é desligado.

Naquele dia, porém, havia algo diferente na atmosfera da comunidade. Era um amanhecer decisivo. Tudo aconteceu como sempre, desde os tiros até o barulho das sirenes se aproximando. Porém, em poucas horas, toda a favela ficou sabendo do ocorrido.

As rádios noticiavam o fato em primeira mão

a todo o momento: "Acaba de chegar à nossa redação a informação do assassinato de João Beiçola, tido como um dos maiores traficantes de drogas de Fortaleza. Estamos tentando confirmar esta informação. No momento, uma de nossas equipes de reportagem se desloca para a Favela dos Trilhos, onde teria ocorrido o crime. Voltaremos na sequência da programação trazendo maiores informações..."

A espera pela confirmação pôs todos os moradores de ouvido colado no rádio.

"Confirmado o relato de agora há pouco, o traficante João Beiçola foi encontrado por policiais militares ainda agonizando sobre a linha férrea da principal rua da Favela dos Trilhos, por volta das quatro horas da manhã. Segundo informações fornecidas pela polícia, Beiçola foi assassinado com sete tiros, um na boca, dois nos joelhos, um na garganta, um no peito direito e outros dois no abdômen. Após ter alvejado o bandido, seu algoz o arrastou até os trilhos com o intuito de que fosse esquartejado, dificultando assim a identificação do cadáver, fato trágico somente evitado graças à ação da polícia".

Em seguida a essas palavras, pesado silêncio abateu-se sobre os moradores. Durante os momentos taciturnos que se seguiram, pensavam consigo o que se poderia esperar, pois isso certamente teria desdobramentos. Quais seriam e que consequências teriam? Isso atormentava sobremaneira a cabeça daquelas pessoas.

Quando as primeiras notícias nem bem haviam sido digeridas, chegaram outras informações:

"O principal suspeito pela morte do traficante de drogas João Arimateia S. Coelho, 25, vulgo João Beiçola, é o também traficante e ex-braço direito da vítima na gangue que até então comandava, identificado apenas pelo apelido de 'Bocão'. A morte teria sido ocasionada por disputa interna de poder na organização criminosa, denominada 'Gladiadores Urbanos'".

Enquanto tudo era noticiado à exaustão pelos meios de comunicação, várias viaturas da polícia faziam incursões pela favela à procura do autor do assassinato, seguidas por equipes de TV. Nas ruas, quase todos eram abordados, os *hômi* faziam revistas minuciosas, apreendendo drogas e armas juntamente com seus respectivos portadores. O helicóptero da P.M. sobrevoava a região, fazendo os moradores se sentirem como figurantes de um filme policial. A comunidade, amedrontada, negava-se a dar qualquer pista sobre o paradeiro do procurado. Já as crianças se divertiam com a situação, e aproveitavam para brincar de polícia-e-ladrão.

Por duas semanas foram feitas intensas buscas na favela, porém sem alcançar o êxito esperado. A imprensa se cansou de tanto publicar as mesmas coisas, e assim o afã em solucionar o caso foi diminuindo, enquanto o homicida se escondia de casa em casa, dormindo cada noite num barraco diferente.

Durante o período da intensa caçada ao algoz de João Beiçola, a comunidade mergulhou numa estranha calmaria que, curiosamente, preocupava a todos. Os membros da gangue não apareciam mais pelas ruas, pelo menos jamais em grupo. Deixaram de promover badernas ou atos de intimidação, e era justamente esta a razão da inquietação. Pressentia-se, nessa paz fictícia, o pesado clima de uma tempestade se anunciando, daquelas em que o céu, antes azul, de súbito enegrece, fazendo cair a chuva torrencial sobre os desavisados.

Pelas ruelas e becos as pessoas trocavam impressões a respeito do ocorrido. Os olhos falavam de forma enfática, objetiva, enquanto os lábios se limitavam a murmurar interjeições, monossílabos.

Os presságios tinham fundamento. Pois mal a polícia abandonou as diligências, começaram a ocorrer homicídios entre os membros dos Gladiadores Urbanos, dois ou três a cada semana. Apareciam estendidos no chão, os corpos nas ruas da favela crivados de bala ou dilacerados a golpes de armas contundentes, denunciando o grande conflito interno que a tal organização criminosa enfrentava.

Logo os moradores souberam que Bocão estava criando um grupo novo, formado por dissidentes dos Gladiadores Urbanos. Não tardou a aparecer pelos muros, onde antes existia apenas G.U., nova sigla formada pelas letras G.I — Garotos Infernais, a nova gangue que passou a disputar esquina a esquina as bocas-de-fumo da favela.

Bocão. Na Certidão de Nascimento, seu nome é Átila, quem diria... Tem 18 anos e é temido, não se parece nem um pouco com o menino que fora um dia, correndo com os pés descalços pelos becos, brincando em meio às outras crianças. Empinava arraias, jogava futebol. Na bila e no pião era imbatível, sua mira sempre muito boa. Quando pequenino, tinha grave problema de asma. Diversas vezes sua mãe, já cansada da labuta diária nas lavagens de roupa, se levantava desesperada, no meio da noite, para levar o menino às pressas ao pronto-socorro mais próximo. O corpo raquítico pela fome nunca levaria ninguém a imaginar que aquele semblante frágil um dia se tornaria um temido criminoso.

Da brincadeira de polícia e ladrão, de que tanto gostava, tornou-se, na vida real, o eterno antagonista. Quando, aos oito anos de idade, teve em suas mãos pela primeira vez uma arma, um revólver calibre 38, mal pôde sustê-la, tal era a sua fragilidade. Mas não tardou a criar desenvoltura no manuseio de diversos armamentos, usando a precisão da mira antes aproveitada nos jogos infantis para exterminar adversários.

Bocão nunca titubeou no momento de estourar os miolos de alguém que, por azar, cruzasse o seu caminho. Os últimos acontecimentos comprovavam essa verdade.

Tudo sucedeu da seguinte forma: na fatídica madrugada que inicia este capítulo, João Beiçola e Bocão haviam acabado de sair da principal boca-de-fumo da favela, a casa da velha D. Dolores, senhora acima de qualquer suspeita e que não só armazenava a droga, como cedia sua residência de "respeitável" velhinha para importantes reuniões noturnas, onde se fechavam negócios e se fazia o pagamento dos criminosos, em troca do pagamento de dois salários mínimos por mês.

Os comparsas começaram a discutir ainda dentro da casa de D. Dolores. Bocão reclamou, inconformado por Beiçola receber cinco vezes o valor conferido aos outros. Iniciou-se pequena pendenga, logo amenizada pelos demais gangueiros presentes no recinto. Enquanto esses acontecimentos se desenrolavam na sala, a velha, alheia a tudo, ressonava em seu sono pesado, preguiçosamente espichada no fundo duma rede no interior do seu quarto, a porta passada à chave em duas voltas.

Terminada a reunião, os desafetos saíram à rua. Encararam-se, trocaram olhares desafiadores. Os dois montaram suas mobiletes envenenadas e saíram em disparada, Beiçola na frente, acompanhando os trilhos. Mais adiante, Bocão emparelhou, surpreendendo o comparsa. Beiçola partiu para a ofensiva:

— Olha aqui, meu irmão, esse teu papo de ficar perturbano o nêgo num tem futuro não, sabia? Aqui eu sou o maior e tu num pode ficar quereno desmoralizar o nêgo na frente dos otro não. Tá vacilano?

Bocão permaneceu calado. Cerrou ao punhos instintivamente, apertando com força os manetes do veículo, e soltou um sorriso de mofa dirigido ao desafeto.

— Tu tá rindo de quê, tá pensano que o nêgo é palhaço?

— Não. Num tô pensano nada.

À medida que a discussão se acirrava, a velocidade das mobiletes ia diminuindo, até o momento em que ambos frearam por completo, abandonaram seus veículos e se puseram diante um do outro. Beiçola tomou a iniciativa:

— Mas eu tô, pensano que tu vai morrer, ó! — redarguiu, enquanto puxava uma pistola 9 mm da cintura, manipulando-a habilmente.

— E tu vai me matar assim, com essa arma, sem me dar nenhuma chance? Como eu imaginava, tu é mermo um covarde!

— Calma, eu ainda num disse nada, nós vamo brigar é na mão, mas antes tira a tua 9 mm da cintura e joga no chão como eu tô fazeno com a minha!

Os dois se desarmaram e se prepararam para o combate decisivo. Segundo o código de honra da marginalidade, desafio de tal natureza deveria findar apenas quando um dos competidores tombasse morto. O embate persistiria até o momento da exaustão completa e definitiva de um dos concorrentes, já massacrado pelo cansaço e pelos hematomas, que seria morto pelo outro no mesmo instante.

Permaneciam frente a frente, Bocão e Beiçola, encarando-se à maneira de feras no meio da selva. Usando de tom desafiador, Bocão exclamou:

— Corre dentro, cumpade!

Beiçola cerrou os punhos em posição de ataque. Breve silêncio precedeu a luta, e então os dois se agarram e passam a rolar no chão, sobre as britas, desferindo socos e chutes que aos poucos iam exaurindo as forças de ambos.

Beiçola abriu o supercílio direito de Bocão, deixando-o desnorteado por alguns instantes. O

sangue escorreu-lhe por sobre a face, chegou aos lábios, umedecendo-os. Ao experimentar o sabor do
próprio sangue, algo de sobre-humano acometeu o
degustador. Soltou um grito aterrador, e conseguiu
força suficiente para virar o desafiante e sentar-se sobre ele. Começou a desferir-lhe violentos golpes na
cabeça e no pescoço.

Sentindo que a derrota seria inevitável, Beiçola avistou sua arma a poucos centímetros de onde
estava. E enquanto Bocão o lesava, esticou o braço
para pegar o único objeto capaz de ajudá-lo a sair
da situação desconfortável na qual se encontrava. No
entanto, percebendo a intenção do adversário, pouco
antes que conseguisse seu intento Bocão empunhou
sua 9 mm e atirou na boca de Beiçola, que soltou um
urro animalesco de dor e, em um salto extraordiná-
rio, repeliu o agressor, pondo-se de pé diante dele.

— Tu vai morrer, filho da puta! — gritou Bocão.

Impossível descrever a expressão dos olhos
do ferido ao ouvir tais palavras. De repente, sua vista
escureceu e ele caiu de joelhos sobre os dormentes,
gemendo feito um animal agonizante. O desespero, a dor e o pânico faziam-no tremer e suar. Bocão
desferiu outro disparo, atingindo-o no peito direito.
Beiçola se deitou, perdendo as forças. Recebeu então dois tiros nos joelhos e mais dois no abdômen, e,
para concluir, como um *grand finale*, um último tiro
transfixou sua garganta. Premeditadamente, o último disparo atingiu a coluna de Beiçola à altura do
pomo de Adão, deixando-o imediatamente tetraplé-

gico, embora permanecesse consciente. Pelas britas corria um vasto rio vermelho.

Exausto de tanto lutar, Bocão ainda teve disposição para arrastar o inimigo pelas mãos, posicionando-o de modo que quando o trem passasse lhe deceparia a cabaça e as pernas ao mesmo tempo. Após o duelo, o vencedor estava realmente exausto, teve vontade de deitar-se ali mesmo, ao lado do inimigo agonizante, e dormir um pouco. E o teria feito, se o medo de ser pego não fosse ainda maior que a exaustão. Apercebendo-se do perigo que corria caso fosse capturado pela polícia ou por inimigos, saiu em fuga.

Naquela posição, as costas tocando os dormentes de madeira tingidos de forte vermelho e a cabeça derreada para trás, sem poder se locomover, Beiçola contemplava o céu cheio de estrelas, enquanto momento a momento ia perdendo as forças, a vista ia escurecendo, lágrimas escorriam-lhe pelas faces. Não podia sequer clamar por socorro, apenas urrava de dor, esperando o momento fatal. Já ouvia ao longe os apitos do trem que se aproximava.

Só então chegaram os policiais. Depararam-se com a cena nunca antes presenciada e conseguiram evitar o fato grotesco pouco antes de se realizar.

***

Bocão queria o posto de chefe maior dos Gladiadores Urbanos. Existia, porém, uma pedra em seu caminho chamada Cabeção, dura como um diamante, pesada como uma viga. E Cabeção conquistou o posto cobiçado.

Cabeção contava com o apoio da maioria. Todos temiam sua crueldade, e prometia vingar a morte de João Beiçola. Já Bocão tinha os seus seguidores, que o queriam na liderança, os dissidentes dos Gladiadores Urbanos. Estava declarada a guerra.

E era nesse cenário marcado pela violência — vítima de uma guerra pelo poder do tráfico, mas também habitado pela inocência das crianças, pela honestidade de pais de família, trabalhadores e mulheres de fibra — que vivia Maria, menina pobre, na cabeça muitos sonhos, na vida diversos problemas e amores românticos no coração.

Capítulo 2
Maria

Seria uma menina-mulher ou uma mulher-menina? Era de tal arte o seu espírito que parecia alternar-se entre um estado e outro. Contando quinze anos incompletos, a adolescência trouxera a explosão dos hormônios e as primeiras silhuetas de mulher.

Maria morava num pequeno duplex na Rua dos Trilhos, com sua mãe, D. Cássia, e os irmãos Victor Júnior e João, sete e doze anos, respectivamente. O pai fora morto durante um assalto, por negar-se a pagar pedágio na entrada da favela; como herança, deixara apenas a humilde moradia, conseguida após muitas lutas, invasões, ordens de despejo e confrontos contra a polícia.

Lenta e gradual metamorfose processava-se na menina, alterando-lhe não apenas as formas, como também a personalidade. Antes passava despercebida na escola e pelas ruas, mas agora começava a despertar olhares ávidos. Há pouco andava sempre vestida segundo orientações maternas, o jeito encabulado mantendo a vista baixa, mirando o chão ou movimentando a cabeça furtiva no intuito de explorar o mundo ao seu redor.

Pois ou Maria mudou ou suas roupas encolheram. Cresceu, o jeito encabulado ganhou trejeitos insinuantes. Na oitava série um piercing brotou-lhe no supercílio direito, não sem ser duramente criticado pela mãe. Mariazinha, assim era tratada no ambiente familiar, estava mudada, outras pessoas passando a fazer parte de seu círculo de amizades, algumas severamente desaconselhadas por D. Cássia, que passara a ver artes do capiroto nessa radical transformação.

Acompanhada dos novos amigos, passou a frequentar festas noturnas e a chegar em casa altas horas da noite. O Porcão Club, boate funk na Av. José Bastos, reunia os jovens da periferia, e para lá Maria foi levada pelos novos amigos, todos Gladiadores Urbanos. Passou a beber e a usar drogas. Começou consumindo cerveja e cigarro, mas já chegara à cachaça e flertava com a maconha.

Era bela, sem dúvida: nos olhos, dois pedaços roubados do céu; as maçãs do rosto faziam jus ao nome, e os cabelos de chocolate escorriam-lhe pescoço abaixo, pela pele levemente morena. O corpo, de estatura mediana, era por demais esguio, lembrava as modelos mais magras, era possível observar o esboço de alguns traços de formosura, os seios começando a aparecer e esperando o tempo certo para se exibirem por completo. Vista assim, lembrava uma boneca de cera que vai sendo modelada aos poucos, a matéria inicialmente disforme ganhando feitios, tornando cada vez mais nítida a figura idealizada: inicialmente, os braços parecem manter uma relação assimétrica com o corpo, que, por sua vez, não combina bem com as pernas e daí por diante, mas vai-se formando, se acomodando até chegar ao produto final, simétrico e belo. No caso da nossa protagonista faltava-lhe, sobretudo, simetria entre o pescoço e o resto do corpo, o que lhe rendeu o apelido de girafa; e como tivesse aversão a tal denominação, os amigos a adotaram imediatamente, usando-a sempre que desejam chateá-la.

Com a transformação de Maria, os conflitos com sua mãe se tornaram frequentes.

— Que foi que aconteceu contigo, hein, menina? Tu precisa é aceitar Cristo na tua vida, isso sim. Parece que tá tomada pelo diabo, furou o corpo todo pra colocar esses brinco. Não presta mais atenção nas aulas, tu vai acabar sendo reprovada!

— Ah, que ódio, mãe! Vê se não enche! Esse é meu jeito e pronto, se quiser me aceitar, me aceite assim, senão, paciência. Tudo pra mãe agora é coisa do diabo. Que diabo é isso? Tenho a minha galera e lá todo mundo é assim. Tá satisfeita agora?

— Mas, minha filha... Tu ainda é uma criança, é a minha menininha... Tu tem que deixar as coisas deste mundo, porque só Deus salva. Pelo sangue de Jesus, Maria, crie juízo! Tu não era assim!

— Olha aqui, mãe, se eu não era, agora sou, tá ligada? Não sou criança, não, até trabalho, por isso sou dona do meu nariz!

— Tu sabe que por mim tu não trabalhava; é a precisão, minha filha, a vida tá difícil! Por esse lado tu é uma mulher de garra, não tenho dúvida.

— Que isso, mãe? Às vezes a senhora diz que sou uma menina, depois me chama de mulher... Quando não diz "tu ainda é muito nova para isso, Mariazinha", diz: "tu não te acha bem crescidinha para ainda fazer isso não, Maria?" Afinal, a senhora me considera uma menina ou uma mulher?

— Deixa de conversa besta, Maria, não te faça de inocente, tu sabe bem até demais a minha intenção quando te digo isso.

— Depois da morte do pai a mãe ficou toda esquisita... Parece até outra pessoa.

— Minha filha, tu tem que aceitar Jesus na tua vida e deixar as coisa do mundo. No mundo só tem pecado, criança. É preciso renegar esta vida terrena de ilusões para conseguir a vida eterna, ao lado de Nosso Senhor.

— Como é que eu vou renegar as coisas deste mundo, mãe, se eu vivo nele? Só se eu morresse, ou me matasse, o que dá no mesmo.

— Deixa de dizer má palavra, minha filha, isto não é coisa que se diga. O Inimigo tá sempre assuntando a nossa prosa, procurando uma brechinha para intrometer seu rabo maligno e estragar a nossa vida.

— E o diabo existe, mãe? Só sei que não vou deixar de viver por causa dessas ideias da senhora. Quer saber? Cansei! Não quero mais conversa. Tchau. Fui!

A porta da sala bateu violentamente.

— Vem cá, menina! Volta aqui, Maria, eu tô mandando! Essa menina parece não ter jeito, agora engrossou o pescoço e botou na cabeça que é mulher. Isso só pode ser arte de Satanás. Vê se pode!

E assim ficava Dona Cássia a conversar com as paredes, tentando convencê-las a adotar sua ideologia religiosa. Em seguida às inúmeras discussões com a mãe, Maria procurava consolo na casa da melhor amiga.

Se Maria estava mudada, D. Cássia também mudara, as duas tinham mudado sobremaneira após a morte de Seu Victor, há dois anos. A menina, sempre tão mimada e cheia de vontades, viu-se obrigada a trabalhar, e D. Jéssica Munhoz, sua madrinha, depois de ter uma conversa reservada com a comadre viúva, resolveu empregar a afilhada.

D. Cássia dera Maria como afilhada à patroa não apenas pela consideração que lhe devotava, mas já pensando em alguma ocasião futura, quando fosse preciso socorrer-se das posses de D. Jéssica, ocasião que de fato se concretizou. Depois de ouvir toda a história do assassinato do compadre, a comadre endinheirada, demonstrando toda a sua compaixão, respondeu positivamente, oferecendo à afilhada um trabalho de doméstica — dez horas diárias, das 8h às 18h, de segunda a sábado, para receber um salário mínimo e sem carteira assinada. Maria já podia começar a trabalhar no dia seguinte.

Tinham matado Seu Victor na volta do trabalho: alguns gangueiros o interceptaram num dos becos da favela, pediram dinheiro apontando uma arma em direção à cabeça; ele afirmou não ter nenhum tostão, arrancaram a carteira do bolso da calça do homem, examinaram o conteúdo. Tinha dez reais. Era sexta-feira, ele prometera levar a filha ao parque. Os criminosos ficaram enfurecidos. Aquele que parecia ser o líder do grupo, um jovem truculento e cheio de arrogância, fez uso da palavra:

— A gente ia te dispensar, velho, mas tu bancou sujeira. Devia ter passado logo a grana. Agora tu vai morrer, filho da puta!

— Não! Pelo amor de Deus, não! É que...

Dois tiros calaram o homem, nem lhe deram oportunidade de se defender, falar do passeio agendado com a filha e do quanto ela ficaria decepcionada caso a promessa fosse quebrada. O pai de família morreu pensando na menina — tão linda, estava moçotinha, e ainda ia ao parque acompanhada do pai, que a chamava de "minha princesa" e a presenteava com livros de contos de fada, terras habitadas por reis e rainhas, príncipes e princesas, anões, animais falantes...

A menina enrubescia toda vez que o pai a chamava de princesa. Seu Victor procurava tratá-la da melhor forma possível, sacrificava-se para ver brotar um sorriso no rosto de Maria. Pois acabou morrendo, sacrificou a vida em nome dos desejos da meninota; e outras vidas tivesse, seria capaz de repetir o ato tantas vezes quantas fosse necessário. *Essa menina depois que começou a trabalhar tá achando que é dona do seu nariz. Hã! Vá pensando! Só pode ter sido a criação. Eu dizia pro Victor, ele não escutava, era princesa pra cá, belezinha pra lá, taí no que deu. Eu disse! Eu disse!* — refletia consigo D. Cássia.

Maria vivia infeliz. Mil coisas lhe atormentavam o juízo, a realidade distante anos-luz dos seus sonhos. Logo após o falecimento do pai passou por grandes privações, e agora a mãe a desprezava, se sentia explorada pela madrinha, não tinha opções, o único caminho possível acabava sendo esse mesmo, morrer de trabalhar para não morrer de fome. Mordia os lábios carnudos sempre que algo a atormentava, resquício da infância recente; os olhos perdiam-se na direção do nada ao refletir sobre as frequentes discussões com sua mãe: *Depois da morte do pai a mãe tá toda esquisita, ninguém vê mais seu sorriso verdadeiro e a gargalhada solta, o rancor está dentro do peito dela, fechou-se para a vida, não quer saber de achar graça em nada, vive presa, fechada, até o amor esqueceu.*

Essas ideias de Maria tinham sua razão de ser. Seu Zé da Bodega, em cujo estabelecimento todas as manhãs D. Cássia comprava o pão para o café da manhã, fazia diversas investidas amorosas, mas a mulher sabia esquivar-se habilidosamente. Se Maria ia comprar chicletes na venda do homem, este se recusava a receber pagamento; tentou agir da mesma forma com a viúva, mas ela, em resposta ao galanteio, disse que se ele insistisse nesse tipo de proposta ela nunca mais pisaria lá.

Seu Zé da Bodega, nome de registro Francisco de Assis L. Cunha, ainda conservava porte juvenil. Tinha cinquenta anos e era viúvo há cincos. Sua esposa estava sentada num tamborete na porta do comércio, conversando com as amigas, quando uma bala perdida foi de encontro à sua cabeça e não teve jeito, morreu ali mesmo, nos braços do marido. Desde então o bodegueiro curtia o gosto amargo da solidão.

Para o corpo, o remédio eram as quengas do Passeio Público e cabarés circunvizinhos, dos quais era assíduo frequentador, indo lá todos os fins de semana com o único fim de saciar a sede de sexo. O homem de meia-idade, no entanto, queria mais: estava chegando à velhice, e via em D. Cássia, mulher formosa na maturidade, cheia de carnes nos seus trinta e dois anos, a melhor companhia possível para o resto de sua vida. Pena que suas investidas fossem desprezadas pela bela morena.

O bodegueiro tinha dois herdeiros, um filho e uma filha, ambos casados, daí o agravamento da solidão e o desejo de ter uma companheira com quem compartilhasse as frustrações e alegrias da vida. A mulher poderia trazer os filhos, pois a casa, anexada ao ponto comercial, parecia-lhe imensa quando vagava solitário pelos cômodos; os meninos lhe dariam alguma vida, e lá certamente os pequenos ganhariam peso, pois estavam tão magrinhos que chegava a dar dó.

O homem prometeu matricular Maria numa escola particular, assim o sonho da menina se tornaria menos utópico. Maria chegou a fantasiar a oportunidade, mas o NÃO de D. Cássia a mergulhou violentamente na realidade:

— Como dizia o meu falecido pai, "qual o quê, rapaz"? Vender-me para dar conforto aos meus filhos? Nem pensar! Enquanto eu tiver saúde e coragem para trabalhar... Esse velho broco deve é tar me confundindo com alguma quenga, só pode.

Ah... O sonho de Maria... Desde criança carregava no íntimo o desejo de formar-se em Odontologia. O desejo surgiu ao ver na favela tantas pessoas banguelas, de sorrisos encabulados, pondo as mãos à boca ao procurar esconder o defeito estético causado pela extração dos dentes.

O apego entre mãe e filha fez a mãe levá-la consigo toda vez que ia tratar dos dentes que restavam. A menina nunca teve medo de dentista; em vez disso, chorava para entrar no consultório acompanhada da mãe, e uma vez lá dentro, se aquietava. Via aquela pessoa toda vestida de branco, usando óculos esquisitos, luvas e máscara, parecendo um extraterrestre a enfiar o zoadento motorzinho na boca da mãe. A menina ficava de boca aberta, e atentava para as expressões faciais de D. Cássia que vez por outra demonstravam dor. Maria era tomada por um ar de espanto, e com uma das mãos a menina segurava a barra do vestido, ficava em ponta de pé, toda encabulada.

Tentando acalmar a criança, a dentista puxava conversa:

— Tá vendo isso aqui, minha filha? Você tem que cuidar dos seus dentinhos para depois não precisar fazer tratamento igual à mamãe.

— Eu não tenho medo não, tia.

— Ah, não? Oh, meu Deus... é tão engraçadinha! Mas você está escovando os dentes direitinho?

— É claro, tia, não sou nenhuma bobona. A mamãe é que deixou os dente dela se estragar.

— Mas veja só que atrevimento! Hahaha — logo a dentista caía na risada, impressionada com os disparates de Maria.

— Tia, quando eu crescer vou ser igual à senhora, pra cuidar de todo mundo que tem dente podre. Lá onde eu moro tem um montão assim de gente doente dos dente — disse, abrindo os braços. — Assim, ó, tia, bem muitão!

Inexplicavelmente, um nó na garganta tirava a voz da odontóloga, que apenas olhava enternecida para a criança, sorrindo comovida pela boa vontade da criaturinha à sua frente; e por instantes chegava a acreditar na viabilidade do projeto humano. A voz da cliente a tirava do transe no qual se encontrava.

— Essa menina não tem jeito, Dra. Silvana; a senhora acredita que ela deita as bonecas no sofá e fica fazendo consulta, como se fosse a senhora? Pergunta se as bonecas estão sentindo dor de dente, se estão escovando direitinho, se estão usando fio-dental e tudo, tudo o que escuta quando vem aqui.

— É verdade, Maria?

O rosto da menina enrubescia, se escondia atrás da mãe, toda sem jeito.

— Estou só brincando, Mariazinha. Tchau... Até mais.

D. Cássia, a par da realidade da vida, levava as

conversas da filha como meninice, não depositando nenhuma credibilidade naqueles sonhos infantis. Só não a reprimia porque pelo menos a menina queria praticar boas ações, participar de uma profissão de prestígio, diferente da dela, que era uma humilde costureira.

Capítulo 3
Amor adolescente

Quando Maria começou a trabalhar teve de transferir seus estudos no segundo semestre da sétima série, passando a frequentar a escola no turno da noite. Enquanto vivia, Seu Victor nunca permitiu que sua filha estudasse nesse horário, pois temia o envolvimento da menina com pessoas de procedência suspeita. D. Cássia também se posicionou contra, mas a gravidade das circunstâncias não lhe deixou alternativa.

Desde então a menina começou a mudar. Cursou também a oitava no horário noturno, e o declínio da adolescente no desempenho escolar começou a causar espécie aos amigos e, sobretudo, aos professores. *A Mariazinha era tão calada, de amiga mesmo tinha apenas uma, e de repente esse número aumentou extraordinariamente, envolvendo-se inclusive com gente suspeita, meninos e meninas de gangue. O que terá acontecido?* —refletia Florêncio, o professor de química, que conhecia a menina havia dois anos e presenciava estupefato a revolucionária metamorfose de Maria.

A mudança radical de verdade aconteceu no primeiro ano do ensino médio. No primeiro dia de aula, uma segunda-feira de fevereiro, Maria entrou na escola e avistou três garotos conversando próximo ao portão. O que estava no centro atraiu-a de imediato. Era extremamente musculoso, e falava autoritariamente com os outros dois. Ela quis mirar profundamente nos olhos do rapaz. Vã tentativa: o líder usava espessos óculos escuros, e a menina passou por ele sem se ver percebida. O acontecimento aparentemente banal foi o estopim de uma reviravolta que, no intervalo de um mês, virou de ponta-cabeça a vida da menina-mulher.

Enquanto estudava de dia, era uma das mais aplicadas e tímidas alunas da escola, chegando mesmo a receber o título de CDF da turma. Sentava-se sempre na primeira fila. Durante as aulas prestava atenção apenas à lição da professora, no boletim as melhores notas, raras vezes pedia uma borracha ou corretivo emprestado. Era o orgulho da mãe, apresentada como exemplo a ser seguido.

A menina-mulher desde há muito tempo costumava mascar chicletes, o que causou estranheza foram os novos trejeitos incorporados ao hábito, a malícia com que estralava a bola, chamando a atenção com seus movimentos sensuais — o primeiro sinal da metamorfose. Os garotos ficavam vidrados encarando a criatura meiga e tentadora, mascando... chupando... mordendo... babando.

Sua língua deslizava sobre os dentes e tocava levemente os lábios, amaciando a goma de mascar ao mesmo tempo, a saliva vez por outra lhe umedecendo os lábios de um vermelho vivo. O batom, antes usado apenas em ocasiões especiais e por insistência da mãe, passou a incorporar o visual da adolescente em todos os momentos.

A antes tímida e envergonhada, que andava encabulada — escondendo os seios atrás do material escolar trazido junto a seu colo, privando os garotos de fazerem uma mínima ideia dos seus traços corporais, mais por descontentamento que propriamente por pudor —, passou a desfilar pelos corredores da escola rebolando, distribuindo faceirice, acendendo o ânimo dos rapazes.

Depois do encontro com o rapaz de óculos escuros, a adolescente procurou inteirar-se a respeito do jovem. Ia anotando tudo com detalhes no seu diário confidencial. Passava horas e horas escrevendo sobre a paixão que vivenciava, e que ainda não era recíproca. A bem da verdade, este passou a ser o único assunto de suas anotações, com os trechos mais comprometedores codificados por um alfabeto criado por ela mesma.

Primeiramente descobriu seu apelido, He--Man, e só mais tarde o nome verdadeiro, Francisco. O apelido do príncipe encantado advinha do fato de ter ganhado massa muscular rapidamente, graças ao uso indiscriminado de anabolizantes. Antes da incrível transformação, sua constituição física era frágil, todos faziam chacota dele e o humilhavam de todas as formas. Os óculos escuros serviam para esconder a vermelhidão dos olhos, afetados pelo uso de drogas.

Maria soube também que He-Man era gangueiro e vendia drogas na escola, fato registrado em seu diário na linguagem secreta. Nem mesmo isso diminuiu o interesse de Maria, e dia a dia a sua paixão só aumentava. *Ah... Ele é tão, tão... tudo... tão bonito, tão fofo, tão influente... Todo mundo gosta dele.*

Maria já ouvira as meninas cochichando a respeito de He-Man, várias delas eram loucas pelo "Gladiador". Maria se preocupava, porque passadas três semanas desde o início das aulas e estando ela arrebatadoramente apaixonada, ele a desconhecia por completo. Fã incondicional das novelas da TV, acreditava que os acontecimentos da vida real podiam suceder-se como numa delas. E na condição de diretora e atriz principal de uma produção independente, nos moldes de uma peça teatral estrelada por ela e seu sonhado namorado, Maria criava na cabeça situações de encontro aparentemente casuais com He-Man, esbarrões e tropeções entre os meios arquitetados na tentativa de forjar o destino, levando-os a se conhecerem "casualmente".

No trabalho, parecia alheia a tudo. Frequentemente os olhos se perdiam no espaço e os pensamentos voavam. Absorta, transportava-se para os braços, abraços e beijos de He-Man. Seus devaneios, povoados pelo amado, alternavam-se com o planejamento dos capítulos da novela: como, quando e por que os dois se falariam pela primeira vez? Na cena do primeiro encontro ela deveria demonstrar da forma mais sutil possível as razões que a tinham levado a querer conhecê-lo.

Neste ínterim, Maria deixou o arroz queimar duas vezes enquanto sonhava acordada no trabalho. Foi duramente repreendida pela patroa, e advertida de que poderia até mesmo perder o emprego se isso voltasse a acontecer.

— E que isso não se repita, mocinha! Você está me ouvindo bem?!

— Sim, senhora, madrinha, vou tomar mais cuidado.

— Que diabo é que tu tens, hein, menina? Não presta atenção no serviço, vive no mundo da lua. Eu, hein!

— Nada não, não é nada não, madrinha. Prometo que isso não vai se repetir.

— Sei lá, espero mesmo.

Mal a madrinha saiu da cozinha, Maria novamente se entregou de corpo e alma aos seus sonhos e fantasias. O arroz que queimasse, o mundo que viesse abaixo, ela não se importava.

Terminado o expediente, Maria voltava para casa, tomava banho às pressas, engolia a janta e dirigia-se à escola, caminhando sozinha pelos becos da favela. Tal pressa se justificava, pois a menina sempre fora bastante aplicada aos estudos. Os motivos da dedicação, no entanto, haviam mudado: não eram as aulas de matemática, química, física... unidas à vontade de conseguir boas notas para agradar à mãe, as razões do esforço. Tinha agora outras ideias, e as ciências exatas perdiam espaço para a voluptuosidade dos sentimentos que a envolviam. Passava o dia pensando em He-Man, no momento de revê-lo. Durante as aulas, em vez de tomar nota das lições, ficava escrevendo a palavra "amor" e desenhando coraçõezinhos com os nomes Maria e He-Man dentro.

Aquela história de estudar feito louca, visando concluir logo o Ensino Médio e depois ingressar na universidade, saindo de lá tendo em mãos o cobiçado diploma de odontologia, evaporou-se. Dar orgulho à mãe? Por quê? Ajudar os miseráveis da favela com seus problemas odontológicos? Pra quê? Ela não tinha nada a ver com aquilo, que culpa tinha de tantos serem desdentados ou terem a boca fedorenta, cheia de dentes podres a doerem feito o diabo?

Em casa não teve o tempo necessário para arrumar-se como queria, e assim anular qualquer possibilidade de não ser percebida pelo amado. Mas não seria um pequeno problema de figurino que adiaria a grande estreia, e a diretora e atriz principal estava ansiosíssima. No seu diário tinha escrito o título da peça usando letras recortadas de jornais e revistas: "Amor adolescente". Vestiu uma micro-saia preta, mesma cor do colete posto sobre uma *baby-look* branca, equilibrando-se atabalhoadamente nos saltos verdadeiramente altos dos sapatos de um negro fosco. Assim que chegou ao pátio da escola, avistou o amado, e sem perder tempo iniciou a encenação. Que se abram as cortinas ao espetáculo!

Ato I da primeira cena: ao atravessar o pátio ladeado por seus comparsas, He-Man é surpreendido por um esbarrão "acidental" de Maria, que deixa cair o material escolar. Maria agachou-se para pegar os cadernos e livros.

— Me desculpe. Ai meu Deus! Sou mesmo uma desastrada. Tá tudo bem contigo?

O primeiro impulso de He-Man foi descontar o empurrão, mas se conteve ao perceber a beleza da jovem em trajes sensuais. Então se pôs acocorado diante dela e a auxiliou na tarefa de juntar o material.

— Aí, gatinha, vê se presta atenção por onde... — o Gladiador interrompeu o raciocínio. Os dois permaneciam acocorados, He-Man contemplando a calcinha vermelha de Maria enquanto a garota tentava alcançar dois planetas desconhecidos, transpondo a escuridão sideral dos óculos do rapaz, ambos frente a frente, absortos.

Ela fechou as pernas instintivamente. Levantaram-se.

— Obrigada. Você é um cara legal. Qual o seu nome? — dissimulou a adolescente.

— A galera toda aí me chama de He-Man.

— Eu sou Maria. E apesar do esbarrão, gostei de te encontrar — disse, lançando um olhar fulminante em direção ao universo negro.

Em seguida os protagonistas da história retomaram seus cursos, indo em direções opostas. O coração da menina-mulher batia acelerado: *Ai, meu Deus... Eu... Eu consegui! Nem acredito.* Estava extasiada. Andava cambaleante sobre os saltos finíssimos. O primeiro ato da peça ultrapassara todas as expectativas.

— Vocês já tinham visto essa dona aí? — perguntou He-Man, dirigindo-se a Carlim, um de seus comparsas.

— Num é a Mariazinha? Ela é do 1º Ano B.

— Que doideira, cara! Essa belezinha bem aqui, *brother*, e só agora eu fui conhecer — constatou abismado o traficante, que vivia em estado de permanente entorpecimento, sob o efeito de drogas diferentes.

No dia seguinte à estreia, uma quinta-feira, tocou a sirene informando o fim da aula. Maria saiu da sala conversando com outras meninas, mas ao pressentir a presença de He-Man a acompanhá-la de perto, diminuiu o passo e pediu discretamente às amigas que a deixassem para trás.

O "Gladiador" a alcançou logo que saíram da escola, ainda na calçada. Maria tinha o texto da segunda cena na ponta da língua e decidiu iniciar o espetáculo, mas foi atropelada:

— Ei, gatinha, vamo dar um tempo naquele banquinho ali.

Ela não respondeu logo. Estava surpresa, ele tinha falado no lugar dela, segundo o *script* ela é que deveria ter iniciado o diálogo.

— Cla... Cla-ro. Tudo bem, então — a adolescente mostrava artificialmente os seus dentes brancos e devidamente alinhados, denunciando o nervosismo que a dominava. *Que é que eu vou fazer? He-Man está querendo dirigir a peça comigo. Eu pensava que era a única pessoa que gostava de brincar de Deus, criar meu mundo e os seres a povoá-lo*

— constatou Maria, refazendo-se do abalo provocado pela mudança brusca no desenrolar dos acontecimentos.

Sentaram-se no banco indicado por He-Man, próximo a um poste cuja luz fora quebrada pelos gangueiros da favela. Encabulada, Maria procurava dissimular sua timidez olhando as unhas distraidamente. O olhar caminhava das unhas para o relógio, onde os ponteiros marcavam 10h05.

He-Man quebrou o silêncio:

— Aí, gatinha, hoje eu mais a galera aí vamo ficar aqui na praça curtindo um pancadão. Dá pra tu ficar um pouco? Vai ser massa!

— Ah... Tá ficando tarde. Amanhã tenho que acordar bem cedinho por causa do trabalho — um estranho pressentimento tomava conta de Maria, nervosa desde as primeiras palavras do amado.

Percebendo o estado da menina, He-Man encarou-a sem tirar os óculos um só instante.

— Relaxa, gatinha!

Aproximou lentamente seu rosto do dela e a beijou na boca. Maria fechou os olhos, e ao abri-los viu a lua nova, linda, refletida nos óculos do amado. *O He-Man tem mais experiência que eu nessa coisa de dirigir peça romântica* — concluiu.

Ela tinha que voltar para casa, mas antes queria fazer um convite a He-Man.

— Depois de amanhã é meu aniversário de quinze anos, faço questão da tua presença, tá? — deu um selinho no amado e se levantou subitamente. — Tchau!

Na sequência, He-Man pôs-se de pé e segurou-lhe a mão:

— Peraí, Mariazinha. Tem uma condição. Só vou na tua festa se tu sair comigo amanhã.

Ela estacou, e respondeu:

— Ah... Deixa eu pensar... Tudo bem, quando eu sair do trabalho, a gente se encontra. Mas aonde é mesmo que a gente vai?

— Vamo sair pela *night*, relaxa. Amanhã, aqui mermo na praça, te pego às sete horas, combinado?

Despediram-se num beijo prolongado. As línguas se entrelaçaram, passearam de boca em boca, deslizando uma sobre a outra.

***

A sexta-feira era dia de sonho para a menina. O tempo não passava. Entre um e outro afazer ela conseguiu tempo para escrever o terceiro capítulo da peça, alimentando a esperança de retomar a direção da obra. Maria levou para o trabalho a roupa que vestiria à noite, e como D. Cássia trabalhava no térreo do prédio triplex de D. Jéssica Munhoz, onde funcionava a confecção, Maria temia passar por ali e ter de responder aos intermináveis interrogatórios da mãe.

Terminado o expediente, devidamente arrumada, Maria saía sorrateiramente quando foi flagrada por D. Cássia:

— Aonde você vai, Mariazinha?

— Eu vou sair com... com a Cláudia. Me desculpe, mãe, eu tô atrasada, fui.

— Peraí, menina. Maria! Maria! Volta aqui, menina.

Maria chegou ao lugar combinado com dez minutos de antecedência, He-Man dez minutos atrasado. Veio montado na sua mobilete grafitada, no quadro do veículo a imagem de uma caveira envolvida em chamas, o motor envenenado do veículo produzindo um som desagradável. Parou ao lado da adolescente, ela se curvou e o beijou.

— Sobe aí, gatinha!

He-Man partiu em disparada. Na garupa, Maria abraçou-se firmemente à cintura do namorado, vendo as luzes dos postes passarem como feixes luminosos, um frio na barriga a cada curva. A menina-mulher recordou-se das vezes em que Seu Victor a levara ao parque de diversões, ela pequena, divertindo-se no carrossel, seu brinquedo favorito. Juntos cortaram a favela, passando por becos, ruelas, ruas, até alcançar a Av. José Bastos, que levava ao seu destino.

Chegaram ao Porcão Clube, onde rolava um baile funk conhecido pela violência dos confrontos entre gangues rivais, e já na entrada He-Man encontrou seus camaradas, que a partir daquele momento passaram a escoltar o casal a curta distância, fazendo as vezes de guarda-costas.

Enquanto o funk em alto volume estremecia as paredes do recinto, meninas subiam ao palco e faziam *strip-tease*, recebendo dinheiro durante a performance. Pelos cantos, alguns casais ou grupos transavam.

Conhecidos de He-Man se apressaram em cumprimentá-lo, cada um acompanhado de uma ou mais meninas. Formou-se um pequeno círculo em torno do "Gladiador", que, levando a mão ao bolso, pegou quatro baseados, acendeu o seu e distribuiu os demais. Agarrada ao braço de He-Man, Maria reparava na roupa das garotas. Concluiu que, comparado ao das outras, seu modelito parecia hábito de freira.

— O bicho tá pegando, véio — proferiu roucamente o Gladiador, prendendo a respiração após o primeiro tapa no bagulho.

— Ontem mataram o Novim, foi a maior covardia, cara. Esmagaram a cabeça do maluco — disse Porra Loura ao ouvido de He-Man, tentando acender o cigarro de maconha.

— É, fiquei sabendo...

He-Man deu uma longa tragada e prendeu o ar, estendendo o braço para repassar o cigarro a Maria. A princípio ela não entendeu, permaneceu estática, então ele enfatizou seu intuito sacudindo a mão. Ela aceitou, procurou demonstrar naturalidade. Levou o baseado à boca, sugou a bituca puxando a fumaça aos pulmões, e aí se apresentou a verdade: a menina-mulher tossiu forte e ficou sem ar por alguns instantes. Repetindo a tentativa, no entanto, teve êxito: sob a orientação de He-Man, segurou o ar e a droga chegou ao cérebro. Repetiu o procedimento, e então pôde sentir a vertigem prazerosa da "primeira viagem".

Veio a animação. Sorriu compulsivamente, abraçou a todos, imaginava-se recepcionando os convidados em sua festa de quinze anos. Enquanto rodopiava, no embalo do funk, explorava o campo de visão num ângulo de 360°, procurando He-Man.

— Vem aqui, meu amor.

— Ihhh... Parece que ela nunca experimentou nem Coca-Cola, cara! — foi o comentário do seu amado. Os amigos, também Gladiadores, já estavam bastante alegres e caíram na gargalhada.

— Hahaha... hahaha — as ruidosas risadas ecoavam na cabeça de Maria, como se transformada numa caverna.

Em pouco tempo, os belos olhos amendoados da adolescente se avermelharam e sua delicada boca expelia um bafo, impregnado pelo odor da erva. A maconha era forte. Maria, bastante perturbada, parecia delirar, falando com o nada: "É mentira, mãe. Eu não fumei nada, não senhora".

Segurando-a firmemente pelo braço, He Man a repreendeu:

— Peraí, mina, tu tá dando o maior vexame, relaxa aí.

Passava da meia-noite quando se ouviram estampidos de bala. Alguns se jogaram ao chão. A maioria correu desorientada em todas as direções, pisoteando os que estavam agachados. Quando a balbúrdia teve fim, pôde-se observar a silhueta de um corpo estendido no chão.

Era o Caolho. Na disputa pelo controle da favela, mais um Gladiador tombara morto.

— Puta que pariu, meu irmão! Será que todo mundo aqui vai se matar por causa dessa porra? — disse He-Man, esmurrando uma parede.

Soou a sirene da polícia se aproximando. Todos correram, fugindo como podiam, à exceção de Caolho, que já não daria trabalho aos policiais. Montados no besouro zoadento do traficante, os namorados voavam em direção à casa de Maria. Com um frio na barriga, a moça rememorava a aventura que vivera ao lado de He-Man, uma única noite e já tantas emoções. Pediu que a deixasse na pracinha mesmo. De lá, iria a pé. Sua mãe faria um escândalo suficiente por vê-la chegando em casa àquela hora, não precisava que estivesse acompanhada do famoso delinquente.

— Te espero amanhã... quer dizer, hoje à noite, na minha festa de aniversário. Tu não pode faltar. Lembra a promessa que tu me fez.

— Fica fria, gatinha. Eu cumpro as minhas promessas.

Ao chegar em casa, Maria foi duramente repreendida pela mãe. Fez pouco caso das reclamações de D. Cássia, seguindo taciturna para o quarto, onde pretendia descansar. Deitou, rolou na cama. A ansiedade, porém, não a deixou sossegar. Não parava de pensar em todos os momentos mágicos que viveria dali a poucas horas.

Capítulo 4
Quinze anos

O sol apareceu por completo, era sábado, o trem passou às cinco, apitando renitente. A menina levantou-se. Não havia dormido. Uma felicidade diferente transbordava de Maria: vontade de viver. Lembrou-se da importância da data para a sua vida. E subitamente, tudo estava transformado. O barraco onde morava transmutara-se em grandioso castelo medieval; Maria se via princesa, vivia um conto de fadas. Recordou saudosa a última vez que Seu Victor fora deixá-la na escola, o derradeiro presente paterno — uma boneca Barbie, comprada à custa de sacrifício —, os passeios ao centro da cidade em companhia do pai para comprar roupa. *Por que tudo isso ficou para trás? Já tenho quinze anos! Nem parece verdade.*

Quanto esforço aquele pai fizera para realizar os mínimos desejos de sua menina... O sorriso ingênuo e o brilho no olhar de Maria recompensavam qualquer sacrifício. Uma lágrima tênue deslizou pelo rosto da adolescente, mas ela logo se recompôs e foi tratar dos preparativos finais da festa.

Tinha muito por fazer: buscar o vestido alugado, ir ao salão de beleza cachear os cabelos, trazer os refrigerantes doados por D. Jéssica Munhoz — toda a festa, aliás, seria custeada pela madrinha — e um milhão de outras coisas. Maria queria agilizar tudo. Passou diante da porta da cozinha. Sua mãe estava à mesa, e não fosse a ocasião, teria estranhado a presença da filha àquela hora.

— Minha filha, venha cá — convidou, e abraçou Maria. — Feliz aniversário! Felizes quinze anos! — disse, beijando a adolescente. — Aonde você vai tão cedo?

— Tô indo pegar o vestido.

— Mas ainda não é nem seis horas, menina! Tenha calma, merende primeiro. A loja só abre às oito.

— Puxa, mãe, por que as horas custam tanto a passar?

— É ansiedade, menina. Quando a gente tá muito ansiosa, os ponteiros criam chumbo.

Maria acompanhou D. Cássia na primeira refeição do dia. Os dois meninos ainda dormiam. O ar de cordialidade entre ambas deu à menina-mulher a certeza de que a desavença da madrugada tinha se dissipado. D. Cássia, ao ver a filha tão entusiasmada, recordava a sua juventude.

— Olhe, minha filha, com a tua idade eu comecei a namorar o teu pai. Naquele tempo namoro era coisa séria. Depois de um ano de namoro, nós casemo. Eu tinha dezesseis e ele dezessete. Foi uma época boa. Naquele ano teve um bom inverno. Teu pai plantou nas terras do teu avô, nós conseguimo um pouco de dinheiro e comecemo a nossa vida. No outro ano tu nasceu. Já faz tanto tempo! Como é que pode? — e após um suspiro reflexivo, completou: — Pra mim, minha filha, o tempo passou voando.

— Mãe, me passa a manteiga, por favor — disse Maria, sem dar grande atenção à história contada por D. Cássia, pois já escutara aquela mesma história um milhão de vezes. Que chateação!

O relógio na parede da cozinha marcava seis e meia.

— Mãe, D. Deuzimar já deve ter aberto a loja.

— Deixe pra ir às sete hora, Maria.

A mulher-menina desconsiderou o conselho da mãe. Desimpacientava-a, sobretudo, ficar parada esperando o tempo passar, por isso saiu logo para buscar o vestido.

Chegando ao estabelecimento, avistou os portões cerrados. Teve de sentar-se na calçada e aguardar, e logo que levantaram os portões foi a primeira a entrar. D. Deuzimar, a proprietária da pequena loja, admirou-se:

— Já aqui a esta hora, Mariazinha!?

— Sim, vim pegar o vestido.

— Espere aqui, então. Parabéns pelos seus quinze anos!

D. Deuzimar adentrou uma porta e Maria ficou sozinha a esperá-la. Observou as roupas vestidas nos manequins, tinha um vestido de noiva belíssimo, ao lado um boneco vestindo terno e gravata. Imaginou He-Man enfiado naquela roupa; ficaria engraçado...

Deuzimar voltou trazendo duas caixas que entregou à menina.

— É aquele mesmo que você experimentou na semana passada, ficou ótimo. Aí também estão as luvas e as meias. Nesta outra caixa estão os sapatos da mesma cor de rosa do vestido.

— Obrigada.

Voltou apressadamente para casa, empolgada, cheia de poder e altivez. Ao adentrar a sala, mesmo não avistando ninguém, bradou:

— E os refrigerantes lá na madrinha, quem vai buscar?

João, seu irmão de doze anos, veio responder. Tinha acabado de acordar, os cabelos arrepiados e os olhos cheios de remela. A maneira autoritária de Maria perguntar acentuou no menino a falta de modos.

— A coroa saiu, já falou comigo. Daqui a pouco vou pegar esse bagulho, sua bruxa!

— Olha aqui, Joãozinho, eu tava só perguntando! E quantas vezes preciso te dizer para tu não me chamar de bruxa, seu ignorante? Ai, que ódio!

— Tá bem, tá bem. Girafa, então, que tal?

— Para com isso!!! Hoje é um dia muito especial pra mim, e mesmo querendo tu não vai conseguir estragar, viu? Puxa vida, como tu é chato! Vê se não me irrita!!

João deu-lhe as costas e caminhou em direção

ao quarto. Entrou, deitou-se na cama de casal como se fosse dormir. Isso enfureceu Maria, que veio atrás.

— Levanta já dessa cama, João, e vai fazer alguma coisa!

— A patricinha tá zangada, tá? — e foi logo lançando mão de um travesseiro para golpear a irmã.

— Não sou patricinha coisa nenhuma! — retorquiu, pulando na cama e se apossando da outra almofada.

De joelhos sobre a cama, postaram-se frente a frente, encararam-se. Atacaram-se simultaneamente, e teve início uma das mais acirradas guerras de travesseiro da história da família.

— É patricinha, sim!

Maria recebeu um golpe de travesseiro no rosto.

— Não sou, não! — e revidou o golpe.

Tudo se transformou numa grande algazarra, os dois sorrindo e se "digladiando" a golpes de travesseiro. Naquele momento ela era apenas uma menina. Terminado o duelo, passou o restante do dia a cuidar dos preparativos da festa. Ansiava por apenas duas coisas: o sucesso total do aniversário e a chegada de He-Man na festa.

Segundo o planejado, a comemoração teria dois momentos, todos esses detalhes devidamente explicitados nos convites: começaria às 19h00 na capela de São Sebastião, com uma missa celebrada pelo Padre Nestor; e às 21h00, na casa da aniversariante, haveria uma modesta festa para convidados.

Às quatro da tarde Maria chegou ao Ray

Cabeleireiros para fazer o cabelo, as unhas e a maquilagem. Vestia o vestido cor-de-rosa e se equilibrava precariamente sobre os sapatos de salto alto. O piercing no supercílio havia desaparecido. Estava indecisa quanto ao penteado, por isso o cabeleireiro entregou-lhe uma revista de fofocas, onde figuravam várias atrizes.

— Olha esta aqui... O que é que tu acha? — perguntou Maria, indicando a foto de uma atriz.

— Perfeito, menina. Excelente escolha! Tu vai ficar linda. Essa artista aí vai sentir é inveja de ti!

— Tá bom, Mundico, não precisa querer me agradar.

— Eu tô sendo sincera contigo, minha filha. E por favor, me chame apenas de Ray.

Enquanto Ray mexia e remexia o cabelo de Maria, afirmando que o penteado ficaria divino, a adolescente folheava revistas que tratavam do mundo das celebridades e antecipavam as próximas cenas das novelas.

Devidamente penteada e maquilada, a menina se levantou, pôs-se diante de um grande espelho que ficava ao fundo do salão e mirou sua imagem, contemplou seu corpo por inteiro, as mãos na cintura. Primeiro avaliou sua aparência olhando-se de frente, depois de perfil, e gostou do resultado: estava bonita. Passou, então, a rodopiar sobre seu eixo diante do seu reflexo; vez por outra se punha na ponta dos pés, parecendo dançar um balé sutil, apenas por ela percebido. Foi como um pião que após lançado vai aos poucos perdendo a velocidade do giro, isso porque uma preocupação veio pôr freio aos seus devaneios. Gostaria He-Man de vê-la assim, toda patricinha? Delicada? Frágil como uma taça de cristal, uma bailarina de caixinha de música? Vestindo rosa em vez de preto?

À porta do salão estacionara o automóvel de D. Jéssica Munhoz, onde vinham a madrinha, a mãe e os irmãos de Maria. D. Jéssica e D. Cássia adentraram o salão de beleza, enquanto os meninos permaneceram no carro.

— Olá, Ray! Onde está minha afilhada?

Ao que Ray, todo solícito, respondeu:

— Está ali, belíssima, não? Uma perfeita princesa, sem tirar nem pôr. Já vou chamá-la. Mas... e a senhora? Não gostaria de dar uma melhorada no cabelo? Coisa de quinze minutos, aposto que a senhora não vai se arrepender. Empenho a minha palavra, e palavra de Ray é palavra sincera.

— Não temos tempo para isso agora, Ray. Semana que vem talvez eu passe por aqui. Por favor, chame a minha afilhada.

Ray finalmente foi atender ao pedido de D. Jéssica. Percebeu o estado de encantamento da menina, e por isso se aproximou com pisadas macias.

— Tá sonhando, Alice? — disse, interrompendo definitivamente os rodopios da adolescente. — Olha ali, vieram te buscar.

Pega de surpresa, a menina-mulher tomou um susto, mas logo se refez, e para dissimular o constrangimento, falou:

— Ah... Você estava aí, Ray? Obrigada, já vou. Que horas...?

Ray abriu a boca displicentemente para responder, mas não foi preciso, Maria encontrou na parede do salão um relógio da Pantera Cor-de-Rosa marcando 6h30.

— Já tudo isso!? Tenho que me apressar para a missa!

Ray levou Maria ao encontro de D. Jéssica Munhoz.

— Sua bênção, Madrinha.

— Deus te abençoe, minha filha. Mas eu não acredito! Esta é a minha Mariazinha? É uma mulher feita! Realmente uma princesa, Ray.

— Eu não disse?... — confirmou Ray.

— Vamos, Maria. Não podemos chegar atrasadas — aviou D. Cássia.

— Ray, quando eu vier fazer o meu cabelo eu te pago o da Mariazinha também, que agora estou apressada.

Sem esconder uma pontinha de decepção, Ray respondeu cordialmente:

— Não se preocupe D. Jéssica Munhoz, sou um servo ao seu dispor.

Entraram no carrão importado de D. Jéssica e puseram-se a caminho da igreja. D. Cássia ia no banco da frente, ao lado da comadre, mas permanecia taciturna. Tinha receio de reencontrar o Padre Nestor, ela bem conhecia a severidade do velho sacerdote.

No banco traseiro, sentada entre os irmãos, Maria era vítima de toda sorte de insultos, chamada de bruxa, patricinha, girafa. Isso, quando não se via em meio a uma birra entre os dois meninos.

— Quietos, meninos! — D. Cássia vez por outra os repreendia, sem obter resultado.

— Vê se vocês não amassam meu vestido,
hein! — ameaçava Maria, sendo logo chacoteada pelos irmãos.

Na chegada da aniversariante encontrava-se à
entrada do templo o fotógrafo contratado por D. Jéssica Munhoz para registrar os momentos marcantes
da missa e da festa de quinze anos. Temendo uma re-
preensão, D. Cássia tratou de entrar sorrateiramente
e sentar-se numa das últimas fileiras de bancos da
capela, imaginando que assim não cruzaria com a figura do cura.

Encontrava-se em situação delicada, pois há
dois anos não punha os pés na igreja do Padre Nestor. Após a morte de Seu Victor tinha se convertido
ao protestantismo, sob a influência de alguns pere-
grinos que lhe bateram à porta naquele momento de
fraqueza, reconfortando-a, e a convidaram a comparecer aos cultos. Do templo católico não guardava
boas recordações: o corpo do marido estendido dentro do caixão, o velho sacerdote a encomendá-lo a
Deus... D. Cássia resistira a comparecer à celebração
dos quinze anos de Maria, mas a menina fez questão
e ela acabou cedendo. Além disso, era um desejo do
finado. Já estava bem acomodada quando olhou o
corredor de soslaio e viu um vulto passar pela porta,
aproximando-se rapidamente. Ela mal pôde acreditar quando a voz rouca e arrastada do velho Nestor
soou ao seu lado, como que por milagre, ou melhor
dizendo, desgraça.

— Olá, D. Cássia, como vai a senhora?

— Vou bem. E o senhor? Sua bênção — pediu D. Cássia nervosamente, procurando encurtar a conversa.

— Deus abençoe a nossa Santa Madre Igreja e a todos nós! — bradou o velho pároco, entusiasmado. — Mas a senhora nunca mais apareceu por aqui... O que aconteceu?

— Ah... o senhor sabe, é o tempo. A confecção da D. Jéssica aumentou a produção...

— Que isso? — interrompeu o padre. — Temos sempre que encontrar tempo para Deus! Não? — e ali mesmo o sacerdote começou um sermão, pregando acaloradamente durante cinco minutos.

D. Cássia terminou se entusiasmando de tal forma com a pregação do Padre Nestor que deixou escapar despercebidamente alguns jargões da nova religião.

— Ô glória! Aleluia!

Nisso, Padre Nestor interrompeu seu sermão abruptamente, franziu a testa, lançou um olhar de suspeição sobre a mulher e antes de dirigir-se ao altar a repreendeu:

— Amém! Amém, irmã! Amém!

Às sete horas em ponto a celebração teve início, e a menina-mulher, que a partir desse ritual tornar-se-ia uma mulher-menina, participou ativamente do rito de passagem, auxiliando o presidente da celebração: fez a primeira e segunda leituras da missa, e vez por outra o padre pedia a Deus que a abençoasse nessa nova fase de sua vida.

Passando a vista pela assembleia enquanto proferia o sermão, Padre Nestor encontrava os olhos de D. Jéssica Munhoz e sorria agradecido, pelo pagamento antecipado da cerimônia e pelas doações para as obras da igreja. Mas deparava-se com o olhar encabulado de D. Cássia e trancava a cara.

Maria, estranhamente, participava de forma automática, sem emoção. A toda hora mirava a porta do templo como uma noiva abandonada no altar: havia escrito em seu diário, rabiscando em código ininteligível, uma cena na qual He-Man adentrava o templo montado em sua mobilete e a arrebatava, levando-a dali para uma vida de aventuras e felicidade, sob os olhares pasmados da assembleia.

Na Favela dos Trilhos, entretanto, a realidade destoava bastante dos sonhos vendidos nos contos de fadas. Para se ter uma ideia, ali mesmo na igrejinha de São Sebastião, poucas horas antes da celebração dos quinze anos de Maria, fora velado o corpo de Caolho, rodeado por alguns gangueiros prometendo vingança, parentes chorosos e a mãe inconsolável. E mesmo sem acreditar em sua ascensão aos céus, Padre Nestor o encomendou a Deus.

Da igreja foram direto para casa, onde se daria a festa. Maria estava ansiosíssima, não via a hora de encontrar He-Man. O humilde duplex de D. Cássia estava transformado em um clube, sendo a sala de visitas o salão de valsa onde Maria recepcionava os convidados, dando boas-vindas e recebendo parabéns, elogios, presentes e sendo tirada para dançar. Houve, obviamente, o imprescindível Parabéns para

Você, quando a aniversariante apagou as velas e fez um pedido secreto. Na sequência, repartiu o bolo e ofereceu o primeiro pedaço a D. Jéssica Munhoz, em agradecimento pelo dia de sonho.

Puseram-se mesas na calçada do casebre e os convivas comiam avidamente, sob os olhares cobiçosos dos meninos na rua. As crianças, desnutridas, lambiam os beiços a cada vez que viam um convidado segurando um suculento pedaço de bolo confeitado, e o número de crianças crescia a cada momento, num burburinho de gritos, pulos, carreiras. Os mais ousados se aventuravam a entrar correndo na casa, de onde eram logo enxotados.

D. Cássia, entretanto, ao lembrar das pregações do pastor sensibilizou-se com a fome das crianças. Jesus teria dito algo sobre o reino dos céus pertencer a elas, e também que dar comida a um faminto seria o mesmo que alimentar o filho de Deus. A mulher as chamou e distribuiu bolo, brigadeiro, refrigerante; em retribuição, os pequenos sorriam e dirigiam à sua protetora olhares de gratidão. Saíam dali alimentados, mas não saciados, e mal acabavam de engolir, retomavam a algazarra diante do duplex, ávidos por mais comida.

Entre os convidados, por insistência de Maria e apesar do repúdio de D. Cássia, figurava o cinquentão Zé da Bodega. A adolescente nutria certa simpatia pelo comerciante, via nele um bom companheiro para sua mãe. Ele veio elegantemente vestido em trajes sociais, e apesar de estar um pouco embriagado, causava boa impressão.

Ao avistar uma menina, Maria acenou-lhe com a mão e chamou o fotógrafo:

— Faço questão de tirar uma foto contigo, Clau. Vem cá — e ambas pousaram para a foto fazendo o tradicional X.

Quando na parede da cozinha o relógio marcava dez em ponto, uma mobilete conduzindo dois rapazes estacionou na frente do duplex. O garupeiro adentrou a casa enquanto o outro ficou de prontidão, o motor do veículo ligado. Entretida numa valsa, Maria sequer ouviu o barulho do besouro zoadento. Percebendo sua distração, He-Man lembrou a cena de um filme e resolveu aproximar-se dela de mansinho. Assim que a música terminou, sussurrou ao ouvido dela:

— Você me concede esta valsa?

Maria quase teve um faniquito. Logo abriu o seu belo sorriso, e segurando as mãos de He-Man, ao mesmo tempo em que balançava a cabeça afirmativamente, aceitou o pedido. O casal saiu valsando. Ele, totalmente desengonçado, tentava acompanhar o ritmo da música, mas só conhecia mesmo passos de funk. Puxou-a de encontro ao seu corpo e a beijou. Ela reagiu se esquivando, evitando o prolongamento do beijo.

— Que foi, gatinha?

— Nada não, é que minha mãe tá aqui e ela não quer que eu te namore. Por isso vê se te controla.

— Ah, qualé, se eu quero e tu quer, nada nem ninguém nesse mundo vai impedir. Deixa de noia, mina.

— Mas aqui não pode ser, meu amor.

— Então vamo fazer o seguinte: quando acabar a festa tu fica me esperando no teu quarto, meia-noite eu tô chegando. Vê se fica esperta!

A proposta deixou Maria num tal estado de excitação que ela não saberia tomar nenhuma decisão diferente a não ser aceitá-la. E a valsa que dançavam terminou.

— Fui! — disse He-Man.

— Peraí — redarguiu Maria, mais por reflexo que por qualquer outra razão; não tinha nada a falar, só queria mantê-lo junto de si. Nesse exato momento ela se deu conta de que perdera definitivamente o controle da peça que começara a escrever.

Altas horas, sentado sozinho no sofá da sala, Seu Zé da Bodega apreciava os contornos das pernas de D. Cássia, que ia e vinha infinitas vezes, passando diante dele como uma tentação. Apesar de o vestido da viúva ir até abaixo dos joelhos, o homem pressentia a maciez daquelas carnes, o calor do corpo da morena. Quando ela caminhava novamente em direção ao sofá, seu Zé da Bodega agarrou-a de súbito para dançar. Houve uma pequena confusão. A mulher gritou, deu uns solavancos fazendo-o cair deitado sobre o sofá. Aprumando-se, Seu Zé da Bodega se sentou, e olhando para D. Cássia, disse:

— Calma, minha morena, eu só queria dançar essa música contigo.

— Calma o quê, seu velho sem-vergonha. Dê-se ao respeito, o senhor nessa idade... Se enxergue!

Que o sangue de Nosso Senhor Jesus Cristo te livre dos teus pecados!

Embriagado, o bodegueiro não fez caso. Levantou-se do sofá sofregamente e foi de braços abertos na direção de D. Cássia, para abraçá-la. Mas ela bradou:

— Saia de perto de mim!

Logo chegou o pessoal do "deixa disso", para acalmar os ânimos e afastar o comerciante.

— Peraí, gente, eu tô quieto, num precisa disso não.

— Pois é bom que fique quieto mesmo, ou então vá para sua casa, seu velho safado. Bêbado, ainda por cima! Eu não tô dizendo, rapaz! Que afronta!

E assim, entre músicas, danças, cumprimentos, elogios, parabéns, aparições inesperadas para uns e ansiadas por outros, mais o incidente entre D. Cássia e Seu Zé da Bodega, a festa se consumiu, e às onze horas acabou por completo. Como saldo, avistavam-se copos, colheres, garfos e pratos descartáveis sujando a rua, a calçada e o interior da residência. Maria disse estar exausta e ansiosa para dormir, por isso foi imediatamente para seu quarto, sem ao menos tomar banho e ainda vestindo a roupa de princesa.

Às onze e meia todos estavam em seus respectivos aposentos. Os meninos, mal tiraram os sapatos, caíram duros de sono nos leitos. Apenas D. Cássia tomou banho antes de se deitar. Mas, ao contrário da mãe e dos irmãos, Maria permanecia acordada, sem parar de pensar no diálogo de há pouco com

He-Man. *Será que ele vem? Isso é loucura* — e soltava um risinho de luxúria. Não cabia dentro de si de tanta emoção. Admirando sua beleza refletida no espelho, repetiu a cena do salão de Ray e rodopiou, observando sua bela silhueta esboçada à luz tênue do abajur do quarto.

Passado esse momento de contemplação, multiplicou-se a ansiedade. Então a mulher-menina passou a caminhar no quarto de um lado para outro. Sentiu-se observada, olhou para a foto de Seu Victor dependurada na parede e teve a nítida impressão de que os olhos da moldura a acompanhavam. Tirou-a da parede e a emborcou sobre a cômoda. *Papai não pode nem sonhar.*

Maria lembrou-se da história de Cinderela, que à meia-noite teve o encanto desfeito e perdeu as roupas do baile. Assim também sucederia com ela, He-Man seria o elemento mágico a quebrar-lhe o encanto da roupa de princesa e deixá-la em pelo.

He-Man estava a caminho, acompanhado de seu comparsa Carlim, ambos montados na mobilete zoadenta do gangueiro. Pararam na esquina da bodega do Seu Zé, a poucos quarteirões da casa da adolescente, evitando com isso que o veículo os denunciasse.

— Fica aí dando cobertura que daqui a pouco eu volto.

— Fica frio. Tu sabe que eu nunca te deixei na mão. Vá lá, se garanta.

Cego de tesão, He-Man dirigiu-se à casa da namorada. Faltava pouco para as doze horas. Caminhou rapidamente cortando a escuridão da madrugada. Estacou diante do duplex e escalou silenciosamente a fachada, pois tinha certa experiência no ofício. Bateu de leve na janela do quarto da adolescente.

— Maria, abre aqui. Sou eu, o He-Man — sussurrou.

Escutando o chamado, Maria teve um sobressalto. Não ouvira o mínimo ruído antes dos leves toques dos nós dos dedos do gangueiro na janela.

— Psiiiiiiiiiiiu! Já tô indo! — respondeu, lá de dentro.

Trêmula, abriu a janela para um salto ligeiro de He-Man, que foi logo tascando-lhe um violento beijo na boca. Agarrou-a contra o peito, apalpou-a por inteiro.

— Peraí, amor...

Ele não esperou nada. As roupas começaram a ser lançadas ao chão, e peças que não saíam facilmente eram rasgadas, dentre elas a calcinha branca com coraçõezinhos vermelhos.

— Não!!!

— Sim!

Em poucos segundos encontravam-se completamente nus. He-Man estava descontrolado, enlouquecido de desejo. Levantou Maria nos braços e jogou-a na cama com tamanho afã, que o Chico, o urso de pelúcia da adolescente postado a um canto do colchão saltou ao chão.

— Sabe... é a minha primeira vez.

He-Man abriu as pernas da debutante encontrando resistência a princípio. Mas pouco depois, ela cedeu:

— Ai!!! Vai com calma, amor... — a volúpia do namorado assustou a mulher-menina, pouco a pouco envolvida pela sensualidade do ambiente.

Queria envolver-se. O quarto foi tomado por uma aura sensual difícil de descrever. Um dizia: "Vem!" O outro respondia: "Espera..." Se um dizia "Espera!", o outro respondia: "Vem..." Vem, espera, espera, vem. Espera, vem, vem, espera. Vem, espera, espera, vem, Maria mulher, sem dúvida nenhuma, mulher, gemidos e gritinhos primitivos, definitivamente mulher, mulher-menina.

O orgasmo se aproximava, os corações batiam em compasso e cada vez mais rápido. Espera, vem, vem, espera. Vem, espera, espera, vem. Espera, vem, vem, espera. Enfim chegaram juntos ao êxtase total. Já acelerados, os corações dobraram as batidas. Lágrimas escorriam sobre a face da adolescente.

Toc, toc, toc. Dessa vez não eram os corações. Era D. Cássia, com o ouvido encostado à porta, cheia de preocupação:

— Que barulho é esse dentro do teu quarto, menina?

— Xiiiiiii! É a minha mãe, tu tem que ir agora, amor, vai, pula, pula logo — cochichou.

A menina procurava uma camisola para esconder sua nudez.

— Nada não, mãe. Já vai. Peraí que eu tô acordando agora.

— Taqui a tua bermuda, veste rápido, ela vai querer entrar.

He-Man saltou do parapeito, caindo macio no chão, como um gato.

Maria abriu a porta e sorriu amarelo.

— Oi, mãe.

— Minha filha, você tá banhada de suor! Que foi isso? — Cássia examinava a filha dos pés à cabeça, angustiada.

— Ah... Mãe... — as lágrimas ainda umedeciam os olhos da mulher-menina. — Eu tive de novo aquele sonho com o pai. É sempre o mesmo: ele vai me pegar na escola, eu me vejo criança, estou correndo em sua direção, ele me espera de braços abertos, acocorado, e quando finalmente consigo abraçá-lo, ele desaparece.

Mãe e filha se abraçaram. D. Cássia sentiu o calor do corpo da filha. Maria acrescentou:

— Ainda bem, mamãe, que a senhora chegou e me acordou antes do fim do sonho — a adolescente costumava mesmo ter esses sonhos, por isso conseguiu sensibilizar D. Cássia.

— Mariazinha, vá beber um copo d'água. Parece que você tá até com resquício de febre.

***

Desde que pousara no chão, após o salto, o gangueiro garanhão estava eufórico. Aliás, sempre que conseguia repetir o feito ficava assim, fora de si, sentindo-se um deus, o homem mais poderoso do mundo. Perdera a conta de quantas garotas descabaçara, usurpando sua inocência.

Apenas a luz dos raros postes e o farol dum trem cargueiro que passava quebravam a escuridão da favela. He-Man , imerso em felicidade, encontrou o comparsa já impaciente com sua demora.

— E aí, parceiro? Parece que a coisa lá foi boa, hein?

— É, foi sim, meu chapa. Pode crer! Mas vamo cair fora. Depois eu te passo o filme.

Montado na garupa da mobilete, um He-Man entusiasmado mandava o comparsa imprimir toda a velocidade no besouro zoadento. Sentia o vento bater na cara, assobiava e gritava para extravasar sua emoção. De repente, avistou um reflexo adiante, no chão, e à medida que se aproximavam a silhueta do objeto se definia: era uma pistola 9 mm cromada.

— Ei, cara, para aí, pra eu pegar esse fogo.

De posse da arma, He-Man, de volta à garupa do veículo em movimento, ainda extasiado pelo prazer do sexo, passou a efetuar disparos para o alto a intervalos regulares.

Capítulo 5
A melhor amiga

Toda menina tem amigas. Em diferentes graus de intimidade, mais que isso, toda menina tem aquela à qual chama de melhor amiga. Qual a diferença entre esta e as demais? Ora, nesta se confia cegamente, é companheira de todas as horas, compartilha os segredos, desde os acontecimentos banais até as experiências mais picantes.

E com Maria não seria diferente. Nossa protagonista confiava a apenas uma pessoa os seus íntimos segredos, e essa pessoa se chamava Cláudia, a Clau, sua melhor amiga. Na verdade as duas se alternavam nos papéis de confidente e confessora. Se se encontravam, logo começava o tititi. "Essas meninas vivem feito carne e unha", D. Cássia não se cansava de reclamar.

Cláudia morava na mesma rua, tinha acesso livre à casa de Maria. Sempre que possível passavam horas e horas juntas, jogando conversa fora, pondo as fofocas em dia, falando sobre meninos... Conheciam-se desde a infância, tinham idades aproximadas, Cláudia um ano e meio mais velha. Gostavam dos mesmos artistas, assistiam às mesmas novelas, escutavam e cantavam as mesmas músicas. De fato, impressionava tanta afinidade.

Quanto à beleza, Maria apresentava melhores traços. Cláudia possuía um corpo disforme, coberto por espessa camada de gordura, e estatura inferior à média. O rosto era excessivamente redondo e mal desenhado; usava óculos de largas armações pretas e lentes do tipo "fundo-de-garrafa" pendurados ao nariz achatado. A pele branca, cheia de sardas, completava a aparência da criatura. No aspecto psicológico, Cláudia amalgamava boas e más qualidades. Sem dúvida tratava-se de excelente confidente. Guardava consigo todos os segredos a ela confiados pela amiga, e não os contaria ainda que para isso lhe arrancassem todas as unhas e dentes. Por outro lado, costumava criticar as meninas bonitas e cobiçadas da escola, acusando-as de interesseiras e ignorantes; chegava a sentir uma pontinha de inveja de Maria, a inseparável parceira, isso, porque a achava bem-parecida.

A menarca veio para Maria aos treze anos de idade; Cláudia contava catorze e nada de menstruação, o que só fez aumentar a inveja que sentia, falando de todas as desvantagens dessa coisa de sangrar todos os meses. A menstruação chegou finalmente à nossa desventurada personagem aos quinze anos, quase dezesseis. Ficou eufórica, mas teve de conter-se, pois tendo falado mal por mais de um ano da famigerada sangria, tudo o que pôde fazer foi comunicar friamente o fato a Maria, fingindo aborrecimento.

Maria precisava de Cláudia, e a recíproca era verdadeira. Para toda e qualquer decisão ou tarefa, uma recorria à outra. Iam juntas ao centro da cidade, à escola e ao shopping, estudavam para as provas escolares igualmente unidas. A aproximação era tão forte que poder-se-ia pensar que não conseguiriam viver senão mutuamente acompanhadas.

Sempre estudaram na mesma classe. Cresceram juntas e assim permaneciam. O destino parecia querer manter tal união a qualquer custo, mas quando este falhava, elas mesmas davam um jeitinho de se encontrarem. Por isso, assim que Cláudia soube que Maria se transferiria para o turno da noite, suplicou à sua mãe, D. Francisca, a permissão para fazer o mesmo, e insistiu até conseguir uma resposta afirmativa.

Alimentavam sonhos quase irrealizáveis. Cláudia pretendia formar-se em direito, carreira condizente com sua atitude tagarela e zoadenta. A outra, como já se sabe, sonhava com a profissão de odontóloga, para ajudar a legião de desdentados e bocas-podres que a rodeavam, ou pelo menos este era o seu intento antes de encontrar He-Man.

A potencial bacharela em direito encontrou por acaso, na biblioteca da escola, um velho exemplar da Constituição Brasileira, bem como outros do Código Penal, do Código Civil e do Estatuto da Criança e do Adolescente. Leu longos trechos de cada documento e a partir de então vivia a vomitar artigos, acompanhados de parágrafos, incisos e alíneas, bastando que para isso surgisse a menor oportunidade.

Outro aspecto marcante da personalidade de Cláudia que não poderia passar em branco era o fato de ela viver proferindo maledicências, praguejando contra tudo e contra todos. Sofria de terrível complexo de inferioridade, e por qualquer razão comprava logo uma briga e ameaçava processar seus detratores. Tinha a forte impressão, justificada, aliás, de que todos viviam a zombar dela. Pois de fato eram vários os caluniadores e difamadores de Cláudia, grande parte deles garotos de espírito maligno a criar birras e fazer-lhe chacotas, principalmente no tocante ao "corpinho escultural" da gorduchinha, a quem costumavam chamar de "saco de batatas".

Nos momentos difíceis da vida, uma procurava apoio na outra. Após as frequentes discussões entre Maria e D. Cássia, intensificadas nos últimos meses, a debutante buscava e encontrava consolo na casa da melhor amiga, ombro certo para lágrimas e desabafos:

— A minha mãe tá um saco, Clau!

— Calma, amiga, é só uma fase, vocês vão voltar a se dar bem, tu vai ver.

— Tu diz isso porque não tem uma mãe igual à minha. Um dia desses, ela disse até que não me considera mais como filha.

— Ela só tá assustada com a tua transformação, isso passa. Vem cá, não precisa ficar assim — as duas se abraçaram e o pranto de Maria molhou a manga da camisa de Cláudia.

Em contrapartida, Maria tranquilizava a amiga após os insultos dos garotos da escola.

— Será, Maria, que sou mesmo tão feia assim?

— É não, menina, deixa de besteira, tu agora vai dar ouvidos a esses sem-vergonhas desocupados? Além disso, o que importa mesmo é a beleza interior da pessoa, não a aparência física.

— Tu é bonita, assim fica fácil falar.

— Eu, bonita!? Lá vai, e quem foi que disse?

— Ora, esses mesmos meninos que ficam aí fazendo pouco de mim.

— Clau, ficar aborrecida não vai adiantar nada, quanto mais tu der importância aos insultos, mais eles vão implicar contigo, é melhor deixar pra lá.

— Eu não vou deixar pra lá coisíssima nenhuma, vou sim é processar esses safados, para eles aprenderem a me respeitar. Sou uma cidadã brasileira e tenho os meus direitos. Porque ninguém, ninguém mesmo!, ouviu bem, Mariazinha? — um olhar de fúria transfigurava o rosto de Cláudia, as palavras proferidas aos berros. — Ninguém tem direito de passar por cima de mim, de me humilhar!

— Tá bem, você é quem sabe, mas ainda acho que seria melhor ignorá-los. Digo isso para o teu bem, confia em mim, conselho de amiga — e novamente um abraço consolador unia as amigas, Cláudia já menos indignada, refletindo sobre as ponderações de Maria.

Havia um sujeito esquisito na escola, cheio de piercings e tatuagens. Costumava usar preto, e trazia nas roupas nomes e fotos das lendas do *heavy metal*. Pois este indivíduo certa vez cortejou Cláudia, se apaixonou perdidamente por ela. Um dia, durante o intervalo, o esquisitão avistou-a sozinha, sentada num banco do pátio. Resolveu então aproveitar a ocasião e fazer a primeira investida. Sentou-se ao lado dela e sussurrou ao seu ouvido:

— Gata, tu é a única mina para quem tenho olhos. Tu é uma tentação. Fazia tempo que eu queria abrir o meu coração para ti...

O desgraçado não teve tempo de dizer mais nada. Cláudia explodiu, acusando o coitado de querer humilhá-la, pois suspeitava da existência de um complô entre o roqueiro e os outros garotos da escola para ridicularizá-la. Ele jurou inocência, mas de nada adiantou, ela sapecou-lhe uma mãozada seca no rosto, e no lugar do golpe certeiro ficaram carimbados os cinco dedos da destra. Carlão, era este o nome do sujeito, saiu encabulado, pensando cabisbaixo: *Pô, cara, essa mina é muito doida. Acho que é por isso que eu gosto dela.*

Após essa tentativa, houve outras, todas igualmente frustradas. Movida por sua suspeita paranoica, Cláudia nunca se convenceu quanto à sinceridade dos sentimentos do pretendente.

Terminada esta longa reminiscência, voltemos então à semana seguinte à celebração dos quinze anos de Maria. Na segunda-feira à noite, na escola, a mulher-menina encontrou Cláudia, e só Deus sabe a excitação em que se encontrava a adolescente. Sentia uma vontade pungente de contar à melhor amiga os acontecimentos fascinantes da noite com He-Man, os mais fascinantes de toda a sua vida.

Mesmo assim resolveu protelar o quanto pudesse o momento da confissão. Só ela sabia como Cláudia ficava entusiasmada nessas ocasiões, à medida que Maria ia contando aos poucos um grande segredo, impedindo assim que a amiga lesse afoitamente o livro de sua vida, que, movida pela fremente curiosidade, passasse as páginas freneticamente a ponto de rasgá-las; ou que, trapaceando a boa vontade da autora, abrisse logo a obra na última página e lesse o desfecho sem antes ter passado pelo labirinto de palavras, laboriosamente arquitetado com o único intuito de abrir as portas.

A aula de química mal começara. As duas odiavam química, e segundo o novo costume, adotado após as já tão propaladas transformações na personalidade de Maria, passaram a se sentar num canto do fundo da sala, lado a lado, separadas do resto da turma. Digo isso porque antes, como é do conhecimento de todos, Maria tinha sua cadeira postada na primeira fila, ao lado de Cláudia, é certo, e pouco ou nada conversavam durante a aula, pois a C.D.F. de então dedicava total atenção à lição, deixando as bochichos para a hora do intervalo. Nesse dia elas cochichavam como nunca em plena sala de aula. Fofocavam, e vez por outra soltavam risinhos intrigantes que faziam o professor Florêncio franzir o cenho. Cláudia, munida de sua perspicácia advocatícia, logo percebeu algo de diferente no semblante e comportamento de Maria.

Ah... A vida é mesmo cheia de surpresas, e, no tocante à nossa protagonista, percebe-se claramente a oscilação entre dois extremos. O pobre do Seu Victor, que Deus o tenha e guarde, nem nos mais tenebrosos pesadelos conseguiria vislumbrar a atual personalidade da filha, visto que quando vivo ia para as reuniões de pais e mestres da escola sabendo o quanto os professores elogiariam a menina, e, ao chegar de volta em casa, cheio de orgulho e estima pela pequena, relatava exultante a D. Cássia: "A primeira da classe, mulher! A primeira da classe. Todos os professores dizem a mesma coisa. É a primeira da classe! Olha aqui, mulher, o boletim da menina. Bom e excelente; bom e excelente, um bocado de dez!"

Nos últimos tempos, contudo, D. Cássia vinha sendo chamada à escola para conversas reservadas com os professores, que lhe relatavam abismados o declínio no desempenho da adolescente. D. Cássia ficava toda encabulada, sem jeito, a cara no chão, sentindo-se desmoralizada. Em casa acontecia a prestação de contas entre mãe e filha:

— Menina, o que diabo é que tu tem, hein? Tu era tão boa aluna, o orgulho do teu pai, e olha aqui as tuas notas deste mês. Tu tá bem sendo levada para o mau caminho por algum desses vagabundos da favela, né? Abre o olho menina, deixa de ser besta, o mundo é perigoso, minha filha, olha lá o que tu faz da tua vida!

Maria dava-lhe as costas.

— Onde é que tu vai? Volta aqui e me escuta, Maria, só digo isso pensando no teu bem...

— Vê se me esquece, mãe! — D. Cássia ouvia o estrondo da porta, e Maria ia chorando buscar consolo nos ombros da amiga.

Bem, encurtando a conversa, voltemos à cena da aula. Não cabendo mais em si de tanta curiosidade, Cláudia tratou de começar a perscrutar Maria como quem nada quer:

— Mulher, tu tá tão diferente hoje...

— Clau, tem um pedaço de carne entre os teus dentes da frente — desconversou Maria, um pouco sem jeito.

Percebendo a manobra, Cláudia retrucou:

— Tu está me escondendo alguma coisa? Não muda de assunto, diz logo, mulher, vai, me conta.

— Tá bem, é que aconteceu uma coisa comigo, na verdade não foi só comigo, foi comigo e outra pessoa e eu acho que você conhece essa pessoa.

— Assim tu me mata de curiosidade, menina. Diz logo! O que foi?

— Digo tudinho desde que tu não conte a ninguém. Combinado?

— Claro! E desde quando eu ando espalhando os nossos segredos por aí? Tu bem sabe que comigo tudo corre em segredo de justiça. Ou ainda duvida?

— Não é isso não; eu confio, é que dessa vez a coisa é séria — assim Maria foi se deixando levar feito um réu no tribunal sendo interrogado por um habilidoso advogado, que não conseguindo esquivar-se das perguntas da acusação, acaba se contradizendo e confessando o crime.

— Séria!? Como assim, séria, mulher? —

continuou "a advogada de acusação" a arrancar as respostas, conduzindo magistralmente o interrogatório.

— Já te conto. Tem a ver com o Francisco...

A "bacharela", os olhos ligeiramente cerrados, mão no queixo, buscava o nome na memória, tentando relacioná-lo ao semblante de alguém conhecido.

— Não lembro de nenhum Francisco. Quem é?

— O He-Man — socorreu Maria.

— Ah... sim, sei. Vi vocês dançando juntos no teu aniversário.

– Pois é, a gente combinou de se encontrar depois da festa, e de madrugada ele entrou no meu quarto.

— NO TEU QUARTO? — bradou a "representante da acusação", sentindo a confissão se aproximar.

O professor, tendo sua aula interrompida, repreendeu as amigas usando da autoridade de um juiz a presidir um julgamento:

— Silêncio! Silêncio! Meninas, prestem atenção à aula, por favor!

Todos os alunos da sala se voltaram para as duas, desferindo olhares entre suspeitosos e acusatórios. Maria corou, temia que as palavras de Cláudia tivessem dado ciência da sua confissão a todo o corpo de jurados.

Cláudia voltou sua cólera contra os companheiros de turma:

— Que é que vocês estão olhando!?

E logo que foi dada continuidade à aula, as duas retomaram a conversa.

— Sim, e aí? Tu é doida, mulher... — continuou Cláudia, instigando a amiga.

— Bem... aí... aí aconteceu. Pronto, já contei.

— ACONTECEU!? — bradou a tagarela, agarrando a palavra e apresentando a todos da sala como um troféu.

— Comportem-se, meninas! Da próxima vez ponho vocês pra fora! — interveio novamente o professor, metamorfoseado em magistrado, dessa vez batendo a mão na mesa em vez do tradicional martelo. Em sua imaginação, Cláudia ouvia-o ordenar: "Silêncio! Ordem no tribunal!"

— Ai, esse professor é chato, hein? Mas continua, vai.

A essa altura, a aula teórica havia terminado, e o professor começara a discursar empolgado contra a corrupção na política.

— Uns cabras safados desses, rapaz, que desviam dinheiro público, deveriam passar o resto da vida na cadeia, submetidos a trabalhos forçados. Tem um bocado de criancinhas morrendo de fome, aqui mesmo no bairro, e esses caras desfilando em carrões importados comprados com o dinheiro que deveria estar sendo usado para melhorar a vida do povo. Isso é um absurdo, rapaz. Se fosse num país sério...

— PELA JANELA DO TEU QUARTO!?

Foi a gota d'água.

— Meninas, vocês passaram a aula toda conversando, não copiaram nada, ficaram aí cochichando e interrompendo. Então, façam o favor de se retirarem da sala, agora mesmo — sentenciou o "juiz", dando o veredicto final.

— Eu não saio! Sou uma cidadã brasileira, e o Artigo 6º da Constituição me assegura a educação como um direito social; e tem mais, se o senhor não sabe, o Artigo 206 no seu inciso §1 reza como uma das bases do ensino a igualdade de condições para o acesso e permanência na escola — sob as vaias e a galhofa do júri, a "advogada" protestou indignada contra a sentença, caso inédito nos anais do Direito mundial, ré e representante da acusação sendo condenadas à mesma pena.

— Vamos, vamos. Não adianta discutir, Clau — conformada com a sentença, Maria convidou a amiga e foi pegando o material escolar de ambas.

O juiz então fez novamente uso de sua autoridade para pedir silêncio e ordem no tribunal, pois as vaias e insultos, direcionados sobretudo a Cláudia, haviam transformado o ambiente numa zorra. Poucos minutos após a saída das duas amigas e restabelecida a ordem, o magistrado deu a sessão por encerrada.

As meninas continuaram sua conversa num banco próximo à sala de aula.

— Não é por nada, não, amiga, mas tenho escutado falar cada coisa sobre o He-Man! Será que ele gosta realmente de ti?

— Aposto os meus dois dentes da frente que sim. Tu não tá sabendo de nada. Se tu soubesse cada coisa que ele me prometeu...

— Mas, vem cá, vocês usaram camisinha?

— Não, por quê? Tu faz cada pergunta! Depois a gente usa. A primeira vez é assim mesmo.

— Vê se te cuida, mulher. Toma cuidado, afinal, acidentes acontecem.

— Ah, Cláudia, vira essa boca pra lá. Não quero nem pensar. Tu tá parecendo a minha mãe, cheia de conselhos caretas.

No final, Cláudia conseguiu o que queria, arrancou da amiga o segredo completo, exigindo a confissão dos mínimos detalhes do encontro amoroso. Maria não esperava, entretanto, que a amiga estivesse lhe sonegando, guardada a sete chaves, uma informação importante, para destilá-la no momento certo. E o momento chegara.

— Tu escutou rádio ou assistiu à televisão hoje?

— Só à novela. Por quê?

— Não ficou sabendo do He-Man?

— Não, o quê? Me diz, Cláudia, pelo amor de Deus. O que aconteceu?

— Bem, eu pensei que tu estivesse sabendo. Ele foi preso ontem de madrugada.

A notícia caiu como uma ducha de água fria sobre os sonhos da adolescente.

— Por quê? De que ele está sendo acusado?

— Artigo 121: homicídio — um estranho prazer tomava conta de Cláudia.

— Não pode ser! Oh, meu Deus. Estava tudo tão perfeito. Era bom demais para ser verdade — lastimou-se a adolescente. — Ele é inocente, não é,

Clau? Diz que sim! Ele estava no meu quarto. Ele não fez nada — o pranto lhe escorria pela face.

Aconteceu que Maria passara aqueles dois dias em tal estado de paz e felicidade, suspirando e sentindo vontade de viver, que não se deu conta das notícias policiais e do semblante abatido dos moradores da favela. A venda do amor lhe embotara os sentidos. A comunidade cochichava baixinho, emitia opiniões por meio de interjeições e expressões faciais, exatamente como ocorrera com a morte de Beiçola. No ar muitas interrogações: o que viria? O que seria deles? Enquanto isso, a mulher-menina apenas registrava sua primeira experiência sexual no diário de capa cor-de-rosa, usando sua linguagem indecifrável.

Capítulo 6
De volta ao inferno

O diabo, a quem por qualquer motivo de convenção ou temor haviam dado o título de delegado, soltava fumaça pelo nariz. Concedia entrevista coletiva para a televisão e falava sobre suas novas aquisições, os novos candidatos a serem mandados para o inferno de Dante, almas perfeitas para irem aos confins. O diabo recepcionava a imprensa numa espécie de antessala do purgatório, e de lá se ouviam gritos, gemidos e ranger de dentes. A delegacia servia apenas para a aclimatação dos detentos, inferno mesmo de verdade era o presídio.

Um repórter desavisado, certamente um novato, estagiário, teve a petulância de perguntar ao diabo em forma de delegado o que seriam aqueles gritos. "Não era nada, onde já se viu pergunta tão absurda. Estavam ouvindo os gritos do inferno. Pretenderia ele pedir silêncio no inferno?"

Na verdade um estuprador tinha chegado ali

havia pouco. Indiferente aos gritos, o delegado continuava a dar entrevistas. Segurava um charuto entre os dedos e tinha uma pistola no coldre, como um xerife de filme americano. Os repórteres sentiam-se incomodados, os gritos prejudicariam a qualidade do áudio e, consequentemente, o seu trabalho. Mas a imprensa mais experiente não perguntava sobre os gritos, enquanto o pobre autor da pergunta infeliz era ignorado, e por mais que perguntasse era como se nem estivesse ali, o delegado não lhe respondeu mais nada. Os companheiros de profissão lhe dirigiam sorrisos irônicos, de canto de boca.

E não eram apenas os gritos do estuprador. Celas para dez abrigavam confortavelmente trinta almas perdidas, e podia-se ouvir dali outros gritos bem característicos, garrafas pet de dois litros sendo batidas nas grades, acompanhando a queixa desesperada:

— Água! Água! Traz água! Eu tô morrendo de sede! Aqui é muito quente, pelo amor de Deus! — bela hora para lembrar-se de Deus.

Próximo ao delegado e aos repórteres estava a razão de todo o frenesi, os dois presos detidos durante a madrugada, algemados de mãos para trás e vigiados por um policial barrigudo, desses que são enviados para servir de vigia nas repartições do estado: He-Man, acusado de homicídio, e Carlim, de ter participação no crime.

Para He-Man não era nenhuma novidade estar numa delegacia. Começara cedo na vida do crime, e durante a adolescência fora diversas vezes internado em entidades de recuperação para jovens infratores. Uma vez em liberdade, recorria nos crimes e voltava a ser preso, e assim o ciclo da criminalidade se repetia indefinidamente. Naquela época, os que hoje comandam as gangues rivais eram meninotes, e a prática adotada para conseguir dinheiro não era o tráfico de drogas, mas sim furtos e assaltos à mão armada.

Os comparsas de He-Man tinham-no na conta de um fracote, porque ele possuía certa ética: negava-se a roubar velhinhas, senhoras grávidas e deficientes físicos. Sempre tinha ocupado posições subalternas entre os Gladiadores Urbanos, por isso fora por diversas vezes coagido a confessar sozinho a autoria de vários delitos praticados na companhia de criminosos maiores de idade. Por fim, a maioridade penal chegou também para ele, causando-lhe arrepios.

Foi preso poucos dias após completar dezoito anos, e na ocasião transportava um montante de maconha capaz de enquadrá-lo no artigo 12 da Lei 6.368/76, tráfico de drogas. Teve que amargar cinco meses no IPPS (Instituto Penal Paulo Sarasate) até que, por meio de um plano ardiloso, envolvendo a conivência corrupta de agentes penitenciários e policiais militares, conseguiu fugir do presídio pelo portão da frente, num dia de visitas, travestido de mulher. Agora, aos 20, voltava ao inferno da prisão e estava consciente de todas as implicações.

Sabia-se inocente no caso, até porque Cabeção jamais lhe confiaria uma missão de tamanha importância. Um fato, contudo, causou-lhe grande contentamento: participar do *show business* da criminalidade. Todas as emissoras de rádio e TV de Fortaleza noticiaram o crime, informando o nome do principal suspeito. Ainda aumentaram sua importância, apresentando-o como um dos principais líderes do tráfico de drogas na Favela dos Trilhos.

No momento da prisão, He-Man ficou aturdido. Tentou escapar juntamente com o comparsa Carlim, que guiava a mobilete. Mas foram pegos, e num primeiro momento o namorado de Maria atribuiu a prisão à sua fuga do presídio, mais de dois anos antes. Somente na delegacia foi informado pelo delegado do crime de que era acusado, e soube também o nome da vítima de homicídio: Bocão.

Na terça-feira, profundamente atordoada com a prisão de seu amado, Maria queria ouvir a versão dele. Aviava os afazeres domésticos na casa de D. Jéssica Munhoz quando resolveu ligar a televisão para assistir a um programa policial, talvez assim descobrisse algo sobre He-Man. Por coincidência, logo em seguida o apresentador anunciou uma entrevista com o acusado da morte de Bocão.

A cabeça da adolescente, vivendo estado alterado da paixão, negava-se a acreditar na dureza da realidade, e a voz do repórter causava-lhe asco.

— Estamos aqui na delegacia, onde se encontra detido o traficante Francisco José S. do Nascimento, conhecido no mundo do crime pela alcunha de He-Man. Juntamente com um comparsa de nome Carlos Alberto F. Damasceno, o Carlim, que também foi preso, He-Man está sendo acusado de ter assassinado outro traficante, o Bocão, cabeça da gangue Garotos Infernais, na Favela dos trilhos. O crime teria sido uma vingança pela morte de João Beiçola, pois Bocão era justamente o principal suspeito pela morte de Beiçola. O He-Man é esse que vocês podem ver nas imagens — a câmera focalizou o rosto do Gladiador, com ódio nos olhos.

Estava sem camisa, as tatuagens do corpo à mostra, as mãos algemadas e voltadas para trás. Trajava apenas bermuda e tênis, contrastando com as vestes do repórter e do delegado, ambos alinhados, o repórter de terno e gravata e o delegado de roupa social.

— He-Man, você está sendo acusado de ter assassinado o Bocão, um crime que estarreceu toda a cidade de Fortaleza pela crueldade. Qual é a sua versão sobre o caso?

— Nada a declarar.

— O que você fazia àquela hora da madrugada andando de mobilete e atirando a esmo na companhia do seu comparsa, o Carlim? É verdade que Carlim ficou dando cobertura enquanto você cometia o crime?

Diante da TV, preocupada, Maria assistia à entrevista. E se ele mencionasse a maravilhosa noite de amor? Ela estaria perdida, isso certamente chegaria aos ouvidos de D. Cássia e então a adolescente conheceria toda a fúria da mãe. A equação era simples: a prisão de He-Man, mais a confissão de que estivera com ela na noite da festa, mais a mãe tomar conhecimento da história, era igual a uma surra para nunca mais esquecer. *Odeio as aulas de matemática, mais que isso: odeio o professor de matemática, mais que isso: odeio matemática!* — ela pensava, enquanto criava sua algébrica metáfora.

"Eu tava voltando..." — Maria prendeu a respiração. *Ai, meu Deus, ele vai contar...* — "do Porcão Club". Maria suspirou aliviada. *Ele mentiu por mim, pensando no meu bem, ele me ama! O meu namorado na televisão, imagina!*

— E você, Carlim, tem algo a dizer em sua defesa? Bem, parece que ele não quer falar, então vamos aqui conversar com o delegado responsável pela prisão. Doutor, os dois acusados se negam a falar sobre o crime. Que provas pesam contra eles?

— Meu estimado repórter, em depoimento prestado aqui nesta delegacia, logo após o crime, ambos confessaram a autoria, mesmo porque conseguimos capturá-los em plena fuga. Foram autuados no Artigo 121 do Código Penal, com o agravante de tratar-se de homicídio qualificado, o que fará com que a pena aumente e eles sejam condenados a algo entre doze e trinta anos de reclusão.

— Mas, Delegado, como de fato tudo aconteceu?

— O crime foi premeditado. Os homicidas avistaram a vítima no Porcão Club, saíram de lá e foram esperá-la de tocaia no único lugar por onde tinham certeza de que o Bocão passaria: justamente a Rua dos Trilhos. Ao perceberem a aproximação da vítima, que também guiava uma mobilete, o seguiram, interceptaram e fizeram com que descesse do veículo. A partir de então Bocão foi submetido a uma sessão de tortura que culminou com sua morte, e com isso eles vingaram João Beiçola.

— O que o senhor conseguiu levantar sobre a vida pregressa dos acusados?

— Veja bem, os dois, apesar da pouca idade, possuem extensa ficha criminal, desde a adolescência causam problemas na Favela dos Trilhos. He-Man, inclusive, é fugitivo do IPPS, onde cumpria pena por tráfico de drogas.

— E os encaminhamentos a partir de agora?

— Eles vão voltar ao presídio, que é o lugar deles. Eu só gostaria de concluir dizendo que esta é uma resposta da polícia à sociedade. Somos responsáveis por garantir a segurança das pessoas, e nesse sentido trabalhamos diuturnamente, sempre no intuito de levar tranquilidade a toda a área coberta pela nossa delegacia — aproveitando a superexposição na mídia, o homem da lei tragava reflexivo o seu charuto, ambicionando entrar para a política como vereador, ou quem sabe deputado.

Durante toda a entrevista o diabo do delegado permaneceu confortavelmente afundado na sua cadeira de couro, soltando baforadas descontraídas. Só se levantou após a saída de todos os repórteres, caxingó, para fechar a porta de sua sala.

Maria mal desligara a televisão quando sentiu cheiro de arroz queimado. Sim. He-Man confessara o crime e levara Carlim junto com ele. A verdadeira razão para isso ninguém sabia, e até mesmo os outros Gladiadores Urbanos, que assistiram à mesma entrevista, estavam estupefatos com a atitude do parceiro. O clima na Favela dos Trilhos estava pesado, assassinatos ocorrendo todo dia, Gladiadores Urbanos matando Garotos Infernais e vice-versa. A área de domínio de cada grupo tinha os muros das casas pichados com a sigla da gangue e os apelidos dos criminosos.

— Preso, ele será mais útil para nós. Pelo menos assim não atrapalha — comentou Cabeção, atual líder dos Gladiadores e, como sabemos, verdadeiro autor do crime. — Mesmo assim vou mandar um advogado para esses dois pilantras.

Após a morte de Bocão e a prisão de He-Man, a polícia ocupou a favela novamente na tentativa de evitar a intensificação dos conflitos e a morte de inocentes na troca de tiros entre os grupos rivais. Com isso, a exemplo do que ocorrera na época da morte de João Beiçola, a comunidade mergulhou num marasmo artificial.

Helicópteros da polícia e de emissoras de televisão sobrevoavam o local, e as crianças novamente aproveitaram o clima cinematográfico para brincar de polícia e ladrão. A imprensa invadiu a favela em busca de furos jornalísticos, depoimentos esclarecedores. Tudo em vão. A lei do silêncio imperava.

O estranho na prisão de He-Man é que, pela primeira vez, ele estava assumindo um crime do qual era completamente inocente, diferente das outras vezes, na adolescência, quando realmente os cometera, embora ao lado de maiores de idade. A ironia era ter cometido crimes jamais elucidados pela polícia. Matara a mando dos Gladiadores, cometera latrocínios, mas agora seria condenado injustamente. He-Man nada sabia sobre os planos de assassinar Bocão, apenas ouvira por alto os chefões articulando a vingança.

***

Diante de tudo que foi exposto até aqui, faz-se necessário, para um maior esclarecimento, relatar mais alguns detalhes da morte de Bocão, ocorrido na mesma fatídica madrugada de tantos outros acontecimentos marcantes, como os quinze anos de Maria, seu defloramento e a prisão do namorado.

De fato, He-Man fora ao Porcão Club no intervalo entre a primeira e a segunda visita à casa de Maria. Lá avistara Bocão e cumprimentara Cabeção, sabendo que este jamais confiaria a ele uma missão de tamanha importância como o assassinato do desafeto. Além do mais, sua cabeça estava em outro lugar. Entorpecido pelas drogas, pensava apenas na meninazinha apaixonada, encantada por seus músculos anabolizados. Segredou a Carlim o plano do encontro sussurrado pouco tempo antes ao ouvido da adolescente. O comparsa dispôs-se a ajudá-lo no que fosse preciso. Ansioso, He-Man acendeu um baseado para relaxar. Indiferente ao funk ensurdecedor na pista de dança, aguardava o momento de retornar à casa da namorada, de cuja virgindade suspeitava, e isso o excitava sobremaneira: sentia-se como um leão perseguindo a presa, segundos antes do salto fatal. No momento exato, He-Man chamou Carlim e deram prosseguimento ao plano amoroso e sexual.

Cerca de vinte minutos após a saída dos dois, Bocão montou em sua mobilete envenenada e saiu em disparada. Mal sabia o líder dos Garotos Infernais que seu destino estava traçado. Matara João Beiçola tentando ocupar o seu lugar, mas não conseguindo, formou a gangue Garotos Infernais em companhia de outros dissidentes dos Gladiadores, pondo um fim ao monopólio do tráfico de drogas na Favela dos Trilhos. A concorrência trouxe resultados funestos, com os gangueiros passando a se digladiar. Cabeção impedira a ascensão de Bocão ao comando da gangue, e agora queria matá-lo para restabelecer o monopólio na favela e com isso aumentar o seu prestígio junto aos comandados, além de vingar a morte de João Beiçola. Assim arquitetou todo o plano do assassinato de Bocão, estudou rotas, horários e hábitos do rival. Constatou que a melhor oportunidade para cometer o crime seria no fim de semana, quando Bocão tinha o costume de ir ao Porcão Club se divertir, se mostrar e praticar sexo com jovens prostitutas. A mando de Cabeção, uma Kombi foi roubada e escondida no terreno baldio atrás do barraco da velha Dolores. O veículo exerceria papel determinante na operação a ser executada na madrugada.

Tudo transcorreu conforme o planejado, e na tarde que antecedeu o crime Cabeção já havia riscado um V ao lado de cada item da lista de providências para a missão. Na companhia de três Gladiadores de confiança, foi ao Porcão Club, onde ficou pouco tempo, pois logo após avistar Bocão chamou os comparsas, e, na Kombi roubada, pôs-se a caminho da favela, ordenou que o veículo fosse estacionado na esquina de uma das ruas perpendiculares à Rua dos Trilhos, e lá esperou pacientemente a passagem do inimigo.

A favela estava mergulhada em trevas. Um silêncio sepulcral aumentava a tensão dos gangueiros confinados no veículo, quebrado de quando em quando por um cachorro que latia ou um disparo ao longe. Bocão demorava, e isso preocupava Cabeção. Passava de meia-noite quando o barulho da mobilete do líder dos Garotos Infernais veio quebrar a monotonia do ambiente, denunciando a sua aproximação.

A mobilete envenenada de Bocão passou como um raio diante dos Gladiadores. Cabeção, sentado na frente no banco do passageiro, sacou uma pistola 9 mm deixando outra no cós, e o carro partiu em perseguição à mobilete.

— Pisa fundo, meu irmão, que eu vou detonar esse pilantra! — ordenou Cabeção ao Gladiador que estava ao volante.

Ao perceber a aproximação do veículo, Bocão logo se deu conta do perigo, e na luta desesperada pela sobrevivência acelerou a mobilete. Apesar do esforço, a Kombi emparelhou e fechou o caminho, e ao tentar se desviar para dar continuidade à fuga Bocão perdeu o controle e caiu. Os perseguidores saíram do veículo de armas em punho, Cabeção à frente, o sangue quente pulsando em suas veias.

— E aí, cumpade, tava indo pra onde nessa pressa? Vamo conversar aqui um pouco. Fica quietinho aí, meu véio. Será que tu sabe o que eu vou fazer agora contigo?

Na penumbra da favela, cinco vultos se distinguiam: quatro velozes silhuetas cercavam outra que, como um bicho acuado, tinha os olhos assustados e os batimentos do coração acelerados. Com o barulho da perseguição, os cachorros dos quintais próximos passaram a latir, formando um coro sinistro com os cantos de grilos invisíveis e galos da redondeza.

— Ei, Cabeção, qualé, cara? Tu vai matar o nego na covardia? Tu é só um pivete, meu irmão. Como é que os Gladiadores te escolheram pra mandar neles, hein? Tu não tem coragem de matar ninguém porque tu é um menino véio amarelo.

— Vou te mostrar como foi que ganhei a consideração dos *brother*, pilantra! — disse Cabeção, mirando no peito de Bocão. — Detono qualquer um que se mete no meu caminho! Aí, malandragem, ninguém vive muito nesse nosso ramo, não, e por falar nisso, tá chegando a tua hora, maluco.

— Deixa de covardia, moleque, pra me matar tu precisa de três ajudante? Vamo soltar as arma e se pegar aqui no braço, cumpade! — Bocão se lembrou do embate contra Beiçola, por isso sugeriu a luta corpo a corpo. — Tu é mermo só um pivete medroso, né?

A face de Cabeção começou a tremer, os insultos do inimigo atiçavam a sua ira.

— O diabo tá te esperando no inferno, Bocão, as passagem para lá tão aqui no meu fogo.

Num ato desesperado, vendo a morte diante dos olhos, o Garoto Infernal sacou um revólver do cós, mas foi atingido no peito antes de efetuar o primeiro disparo. Soltou o revólver e levou a mão esquerda ao ferimento.

– Tu pensava mesmo que eu ia te dar alguma chance, Bocão? Tua única chance, hoje, é a morte.

Incomodado com os gritos de dor do inimigo, que estava sentado no chão, o comandante dos Gladiadores Urbanos se aproximou, se agachou junto ao inimigo, encostou-lhe o cano quente do revólver na têmpora direita:

— Tá gritando, garotão!? A gente ainda nem começou... Tu lembra o que tu fez com o finado João Beiçola? Se não lembra, agora vai lembrar. Te prepara, meu irmão, vamo ver se tu é macho mermo. Que diabo é isso, cara? Tu tava me chamando de pivete e agora tá gritando aí como se fosse um menino véio! Vamo começar pelos joelhos.

— Não! Não, cara! Pelo amor de Deus, cara, não. Num faz isso comigo, não...

E mais um tiro foi deflagrado ecoando no silêncio da madrugada.

— Aaaaaaaaaaaaai...

— O direito já foi, é a vez do esquerdo — mais um disparo.

— Aaaaaaaaaaaaaai... Para, Cabeção. Para, tu vai mermo fazer isso? Não, não, pelo amor de Deus! Tem os meus pivete pra eu criar...

— O demo tá te chamando, meu irmão! Tu não tá ouvindo, não? Se quiser rezar, a hora é essa, mas reza pro diabo, porque eu vou te mandar pro inferno! E vê se cala essa boca e para de gritar — Cabeção atirou na boca do inimigo, transpassando as bochechas, quebrando dentes e queimando a língua. Bocão já não podia gritar, apenas gemia feito um animal agonizante, e a cada novo disparo dava um prolongado urro de dor. Recebeu mais dois tiros no abdômen e um na garganta, e a cada disparo era um urro.

O último tiro atingiu a coluna do gangueiro, que começou então a sentir uma comichão espalhar-se por todo o corpo. Queria agradecer a Cabeção por esse tiro que o aliviara, agradeceria, se ainda conseguisse falar.

— Tu vai de trem visitar o diabo, pilantra! Próxima estação: Inferno! Hahahaha...

Bocão, que permanecia consciente, captou a intenção de Cabeção. Com a ajuda dos comparsas, o comandante dos Gladiadores Urbanos posicionou o desafeto sobre os trilhos de forma a ter decepadas a cabeça e as pernas no momento da passagem do trem.

Estirado sobre os trilhos, Bocão ouviu o cantar dos pneus da Kombi, que saiu em disparada cortando as artérias da Favela dos Trilhos. Na fuga, Cabeção livrou-se da pistola arremessando-a na direção de um contêiner de lixo, mas o veículo em movimento prejudicou sua mira e ele errou a entrada da enorme lixeira. A arma do crime resvalou no metal fazendo um grande tuuuuuuuummmmmm e foi parar no meio da rua.

Bocão ficou para trás, o pulmão perfurado pelo tiro no peito. Respirava sofregamente, arquejando. O sangue banhava seu corpo e escorria por sobre a brita e os dormentes de madeira apodrecida. Começava a sentir frio, a morte certamente chegaria, mas por que é que não vinha logo?

Lágrimas escorriam copiosamente, juntando-se ao sangue, que formara uma grande poça junto ao seu corpo.

"Tu vai morrer, filho da puta!", dizia e repetia mentalmente. *Tu vai morrer, filho da puta!* — pensava, às vezes cheio de ódio, outras com tristeza, outras ainda com desespero. "Tu vai morrer, filho da puta!"

Arquejava, "tu vai morrer...", faltava-lhe o fôlego, "filho da puta!" A vista ia escurecendo: "Tu... vai... morrer... filho da puta! Ainda estava consciente e isso o irritava. Queria dormir, abrigar-se do frio, mas a posição desconfortável do pescoço sobre os trilhos lhe impedia o repouso. Seus olhos miravam o céu, avistou uma estrela cadente, fez um pedido.

O tiro na coluna não conseguira eliminar por completo a sensibilidade do corpo, e Bocão percebeu um leve balanço. Os trilhos tremiam, ele sorriu, alguém atendera o seu pedido. Ao longe avistava um grande clarão, que se aproximava célere.

Bocão chorava e soluçava como a criança que fora um dia, a brincar, a fazer danações, sem se preocupar com o dia de amanhã. Ia, enfim, viver no reino dos céus.

"Tu...", arquejava. "Vai...", soluçava. "Morrer!", estrebuchava. "Filho!", se vingava. O corpo do comandante dos Garotos tremelicava agitado sobre os trilhos. Seria frio? Ouviu o apito do trem e sorriu novamente, finalmente chegara a hora fatal: "Da puta!", cegado pelo clarão.

Capítulo 7
Enjoos

A prisão de He-Man abalara Maria sobremaneira, e sobreveio a melancolia. A inexplicável tristeza da mulher-menina preocupava a todos que desconheciam sua razão. Passados dois meses desde a fascinante e fatídica madrugada, só a melhor amiga sabia do acontecido. Não tinha um sorriso no rosto, na casa da madrinha, a aviar os afazeres domésticos, trabalhava lentamente, sem gosto para nada. No almoço, colocava um tico de comida no prato e deixava pela metade.

Certo dia, enquanto varria, acometeu-lhe uma vertigem. Teve de apoiar-se no cabo da vassoura para não cair. Correu ao banheiro, no caminho esbarrou em D. Jéssica e não parou nem para pedir desculpas.

— Que é isso, menina!?

D. Jéssica Munhoz percebeu a palidez no rosto da afilhada e acompanhou-a. Mas Maria entrou no banheiro e fechou a porta.

— Maria, você está se sentindo bem?

— Tô, madrinha. Não precisa se preocupar.

Assim que a menina saiu do banheiro, D. Jéssica correu a amparála:

— Menina, que é que você tem? Você está tão mudada nestes últimos tempos, está tão triste. E agora esse passamento. Venha cá beber um pouco d´água e me conte o que está acontecendo. Estou preocupada, a tua mãe também.

As duas se encaminharam à cozinha, onde se sentaram à grande mesa de mármore ornamentada com um arranjo de flores. Maria bebeu o seu copo d´água e retomou as feições de gente viva.

— Olhe, madrinha, pelo amor de Deus, não conte nada disso a minha mãe. Ela fica o tempo todo me perguntando por que estou triste, por que não tenho ânimo para nada.

— E isso não é verdade, minha filha?

— Sim, madrinha, pode até ser verdade que ando triste. É apenas uma fase. Logo vai passar. Vocês é que ficam procurando razão para tudo.

— Se você não quer me contar, tudo bem. Descanse um pouco antes de retomar o trabalho. É melhor que você não me esconda nada, Maria, te cuida e tenta mudar este teu estado de espírito.

Sem poder compartilhar sua tristeza, a mulher-menina estranhou o enjoo, achando que realmente sua situação se agravara, pois aquilo nunca antes lhe acontecera. Longe do amado, as horas se alongavam. Só podia se corresponder com ele de quando em vez, graças à cumplicidade da irmã de

He-Man. Sozinha em seu quarto, à noite, a mulher--menina chorava copiosamente abraçada a Chico, que após ser jogado ao chão durante a tórrida sessão de amor retomou seu posto com a prisão de He--Man. Por vezes Maria desabafava com o retrato do pai afixado à parede, pedia-lhe conselhos. Sentia-se impotente diante da peça que o destino lhe pregara. Se antes se acreditava a diretora do drama, agora era dirigida para um desfecho imprevisível. E como consequência do choro e das noites maldormidas surgiram-lhe olheiras, desfigurando sua antes admirada beleza.

Na medida do possível, entretanto, tentava manter seus afazeres; sua vida triste e rotineira seguia em frente. Desde cedo de manhã até as seis da tarde trabalhava na casa de D. Jéssica, e na escola noturna tinha a agradável companhia de Cláudia. Nos fins de semana saía com a amiga e ia ao centro da cidade ou ao shopping.

Amiga de todas as horas, incansável em aconselhar, Cláudia se esforçava para melhorar o estado de ânimo de Maria, de tal sorte que no dia seguinte ao do passamento na casa da madrinha, as amigas conversaram sobre o ocorrido, durante a aula de física.

— Maria, se eu fosse você tratava de esquecer esse cara. Tu só tá assim fascinada por ele porque foi o primeiro da tua vida.

— Ah, Clau, você não entende o nosso relacionamento. Sei lá, também não tem como explicar. Tem uma química... um fogo... um clima... Eu sinto que ele é o homem da minha vida!

— Ou da tua morte, né? Desculpe a sinceridade, amiga, mas mulher de criminoso não tem boa vida.

— O He-Man não é criminoso, ele é... ele é romântico! Ele é legal. Ele é tudo para mim! É só esse mal-entendido ser desfeito e nós vamos viver a nossa vida de eternos apaixonados.

— Sonha, Alice! — disse Cláudia, com a melhor das intenções, arrebatando-a direto do mundo da fantasia, do País das Maravilhas para a realidade crua. Como resultado, conseguiu irritar Maria, que em vez de prosseguir a conversa trancou a cara e decidiu dedicar-se à resolução de um complexo problema de física que o professor havia copiado no quadro.

De dentes cerrados, Maria ainda sussurrou:

— Nunca amou, por isso não entende...

Cláudia não insistiu, pois conhecia Maria muito bem, e todos aqueles atos indicavam indubitavelmente que as amigas estavam de relações cortadas.

Chegou o domingo, e como o desentendimento entre as amigas tivesse acontecido na sexta-feira, Cláudia ainda guardava certa mágoa das palavras ásperas proferidas por Maria. Não se falavam desde então, e por isso Maria ficou em casa com sua mãe, enquanto os irmãos iam à praia acompanhados de outros moleques da favela.

D. Cássia, estranhando aquela situação, pois aos domingos as amigas costumavam sair juntas, muitas das vezes passando o dia fora, resolveu conversar com a filha:

— Você não vai sair hoje com a Cláudia, minha filha?

— Ah, mãe, a gente teve um desentendimento e tamo sem conversar.

— O que aconteceu, minha filha, como foi isso? Ela é uma das tuas únicas amigas.

— Tem horas que a Clau quer se meter demais na minha vida, sabe, mãe? Parece a senhora.

— Mas, Mariazinha, se é você quem vai pedir conselhos à menina.

— Eu posso viver muito bem sem os conselhos dela!

— Não diga isso, minha filha, e a amizade de vocês?

— Vocês saíam juntas e na volta tu estava melhor, e agora, sem ter com quem sair, como fica essa tua tristeza? E por falar nisso, me diga, qual é a razão para você estar assim?

— Lá vem a senhora de novo com essa história. Dá um tempo, mãe, eu já disse pra senhora que não é nada.

— Nada é que não pode ser. Existe alguma razão, você não quer é me contar.

O clima ia esquentando, as vozes tanto de Maria como de D. Cássia se alteando:

— Mãe, a senhora pode pensar o que quiser, eu não me importo.

— Eu só falo isso pensando no teu bem, na tua felicidade. Quer ser feliz, Maria? Se entregue a Jesus! Hoje à noite tem culto, venha comigo. É a coisa mais linda do mundo. O pastor diz cada passagem bonita... É um profeta, sabe a Bíblia todinha decorada. A gente pode até entrar lá triste, mas quando sai, sente aquela paz de espírito, aquela calma dada por Deus.

De repente, Maria levou a mão à boca, saiu regurgitando e foi direto ao banheiro onde novamente provocou. A mãe apavorada, clamava a Deus.

— Sangue de Jesus! Meu Deus, livra a minha filha dessa depressão. Mostra a ela o caminho da salvação. Eu te rogo, meu Deus. Que é que você tá sentindo, Maria?

A menina-mulher não respondia. Do banheiro, foi trancar-se em seu quarto sem dar palavra, e ali chorou abraçada a Chico. Foram em vão os apelos de D. Cássia para que abrisse a porta. D. Cássia pôs-se em polvorosa, pois até o momento não tinha visto a depressão da filha causar enjoos.

Presa no quarto, Maria imaginava como estaria He-Man naquele momento, trancafiado no presídio, entre tantos criminosos, ele, pessoa tão boa, inocente. Se algum dia cometeu crime foi movido pela má influência dos amigos, porque ele mesmo tinha um bom coração.

De tudo que D. Cássia disse, Maria aproveitou apenas o tocante à Cláudia, concluindo estar sua mãe certa quanto à importância da amiga em sua vida. Decidiu-se então a desfazer o mal-estar criado na última conversa. A oportunidade para a reconciliação surgiria no dia seguinte, segunda-feira, na escola. Maria sabia não poder viver sem Cláudia a dar-lhe palpites em todos os assuntos, a servir-lhe de confidente, de cúmplice e de companhia nos programas dos domingos.

Tendo como premente a necessidade de reconciliação, na segunda-feira Maria decidiu antecipá-la e foi ao encontro da amiga em sua casa, de onde ambas partiriam para a escola, pois além da prisão de He-Man e suas danosas consequências, Maria tinha outro assunto que estava a atormentá-la e requeria os sábios conselhos da amiga. Fez um pequeno desvio no trajeto usual entre sua casa e a escola para fazer as pazes e tratar de assuntos da mais alta importância. Bateu palmas à porta, Cláudia veio ver quem seria. A princípio, recepcionou-a friamente, ainda ressentida com o bate-boca que ocasionara o desentendimento.

— Entra — convidou. E as duas entraram no pobre casebre sem reboco.

Sentaram-se na sala, no sofá de dois lugares cheio de rasgões por onde a esponja saltava, diante delas uma televisão nova de vinte e duas polegadas que a mãe de Cláudia pagaria no crediário em doze prestações fixas.

— Olha Cláudia, sei que tu está magoada comigo e quero te pedir desculpas pelo que aconteceu.

— Eu também errei, não tinha nada que falar mal do He-Man.

O mal-entendido logo se desfez e as amigas passaram a conversar descontraidamente. Tais picuinhas não eram raras entre elas, surgiam mesmo devido ao direito que toda melhor amiga tem de usar da máxima sinceridade para com a outra. Mas tudo se resolvia rapidamente, o período desde o desentendimento até a reconciliação nunca passando de uma semana.

— Clau, amiga, tem uma coisa que está me preocupando — de repente, Maria empalideceu, as mãos esfriaram. — Vou ao banheiro — e saiu às pressas da sala, a mão direita em forma da concha cobrindo a boca.

Cláudia a seguiu, entrando junto no banheiro.

— Que é isso, Maria?! — interrogou, abismada ao ver a amiga provocando ajoelhada diante da privada.

— Traz um pouco d'água pra mim — disse Maria após o novo passamento, já restabelecida.

— Desde quando tu sente isso?

— Ah, essa foi a terceira vez desde a semana passada. A mãe está preocupadíssima, pensando que os enjoos têm relação com a minha tristeza. Eu não sei... e se eu... e se eu... estiver grávida?

— Não vamos pensar no pior, amiga.

— A menstruação não veio.

— Não veio este mês? Às vezes acontece mesmo de atrasar, comigo também é assim.

— Eu também pensei nisso, mas quando fez dois meses... — veio um choro compulsivo, Maria soluçava, as amigas se abraçaram.

— Então, Maria, vou ser bem sincera, o melhor é fazer logo o teste de gravidez. Já esqueceu tudo que aconteceu entre ti e o He-Man?

— Será, Clau? Eu mesma não vou fazer teste nenhum, minha mãe pode ficar sabendo, e se ela descobrir, não sei o que será de mim. Tô com uma ideia na cabeça, acho que tu vai rir de mim. Quero consultar a velha macumbeira do Beco da Esperança. Tu deve ter ouvido falar dela. É a velha Chichica, dizem que pra tudo aquela mulher tem solução.

— Sim, ouvi algo a respeito. Mas para sua informação, me considero uma cética no tocante a rituais afro-brasileiros. Por amizade, posso até te acompanhar, se essa for a tua vontade. Antes, porém, tratarei de pensar numa solução racional e sensata para o problema, caso a suspeita de gravidez seja confirmada.

Reconciliadas, as amigas partiram para a escola pelas ruelas e becos lamacentos, atrasadas, é claro, devido ao passamento e à confissão de Maria. Cláudia, utilizando-se de sua eloquência advocatícia, ainda tentou persuadir a amiga a desistir da velha macumbeira, julgava a decisão inconsequente e inútil. Se quisesse um conselho espiritual que lesse um livro do Paulo Coelho ou fosse ao Padre Nestor.

— Só se eu quisesse ser engolida viva. Aquele homem é uma fera.

Inúteis mesmo foram seus argumentos diante da inflexibilidade da mulher-menina, que, supersticiosa, tinha coleções de revistas de horóscopo em seu quarto abarrotando a cômoda, até aprendera a fazer mapa astral. No tempo livre, e mesmo no trabalho, lia as previsões para as celebridades feitas por adivinhos nacionalmente reconhecidos. Chegara mesmo a ver a concretização de várias delas, casamentos, mortes, separações...

O primeiro tempo de aula custou a passar, o

professor de Química chato como nunca. Somente durante o intervalo, sentadas num dos bancos do pátio, as duas se sentiram suficientemente à vontade para conversar e acertar os últimos detalhes da visita que fariam ao terreiro de macumba. Iriam no sábado, agendaram. No Beco da Esperança, os tambores começavam a tocar às onze da noite, num ritual que se estendia por toda a madrugada.

E assim os dias foram-se passando, terça, quarta; e a cada raiar do sol, quando o trem das cinco passava acordando a favela, aumentava a expectativa de Maria, quinta, sexta, sua curiosidade se aguçava, pois pela primeira vez participaria de um ritual afro-brasileiro, e cria verdadeiramente no auxílio dos orixás da velha Chichica. E então chegou o sábado, e durante todo o dia as horas custaram a passar.

As amigas se encontraram tal e qual o combinado, às dez da noite na casa de Cláudia, de onde seguiriam às 10h30 para o Beco da Esperança. Ao chegarem à entrada do beco estreitíssimo, onde as pessoas só conseguiam andar em fila indiana, Maria fez o sinal da cruz. Dali já se podia ouvir nitidamente o som dos atabaques vindo do casebre vermelho, encravado no final do beco.

Seguiram, chegaram ao templo. Maria bateu à porta, e logo uma negrinha magra, neta da velha macumbeira, menina de seus doze anos mas aparentando sete, veio atender e as convidou a adentrar o terreiro. Maria estava assustada, sentiu uma ponta de culpa e remorso. Como poderia procurar auxílio naquela casa? Ela, que há poucos meses estava feito princesa, toda emperiquitada na igreja do Padre Nestor, celebrando os seus quinze anos e realizando uma vontade do falecido pai?

Fascinada, Maria contemplava a sala iluminada por velas de todas as cores, vermelhas, pretas, verdes, violetas. No altar, São Jorge fazia as vezes de Oxóssi, combatendo triunfante o lendário dragão. Ladeavam-no outros santos e estátuas de pretos velhos. A assembleia de macumbeiros dispunha-se em círculo. Ao centro da roda, Mãe Chichica presidia a cerimônia e evocava os orixás.

Não tenha dúvida, era a mesma Chichica Carinhosa que na juventude fora o maior sucesso do Passeio Público, arruinando o dinheiro da aposentadoria dos velhos que iam buscar prazer entre os braços e pernas da bela prostituta. Na velhice, mudara de ofício, tornando-se a mais poderosa sacerdotisa da Favela dos Trilhos. Ora, se Jesus Cristo perdoara a Maria Madalena, por que não faria o mesmo à santa velha, capaz de obrar milagres?

Na favela, porém, ninguém ousaria relacionar as duas Chichicas, tidas como pessoas absolutamente distintas uma da outra. Da prostituta narravam os feitos memoráveis, escandalosos, os ditos pornográficos, a vida luxuriosa e a imensa bunda da negra bem-feita de corpo, num tempo em que não havia implante de silicone. Da santa sacerdotisa da favela alardeavam milagres capazes de fazer inveja a Padre Cícero. A mãe-de-santo fazia e desfazia casamentos, botava de pé gente que estava nas últimas e botava nas últimas gente que estava de pé. Tinha conselho para tudo e para todos, havia quem não desse um passo na vida sem antes consultar aquele verdadeiro oráculo gordo, enfiado numa saia rodada de baiana; dizem que até D. Jéssica Munhoz, a pessoa mais rica da favela, mulher de nome e sobrenome, tinha consultas regulares — e secretas, é claro — com Mãe Chichica.

Filhos e filhas, netos e netas biológicos da mãe-de-santo a auxiliavam nos trabalhos. O rodopio dos filhos e filhas-de-santo atuados causou espécie às amigas.

Mãe Chichica vestia-se elegantemente, com uma saia branca rodada, cheia de rendas e bata de baiana. Bafejava a fumaça do seu cachimbo e invocava os caboclos e orixás utilizando-se da sua autoridade. Os pés descalços tocavam o chão. A impressão que se tinha ao ver a mãe de santo rodopiando, embalada ao ritmo dos tambores, na velocidade de uma carrapeta e com a saia de baiana a encobrir-lhe os pés, era de que a velha levitava, prova inconteste do seu grande poder.

A voz da mãe-de-santo ora engrossava, ora afinava, as feições transfiguravam-se. Acendia o cachimbo e tragava em longas baforadas.

Passado o choque inicial, as adolescentes começaram a ver certa graça no ritual. De quando em vez trocavam olhares de mofa, esboçavam sorrisos e riam encabuladas, baixinho. O medo, porém, regressou violentamente quando Mãe Chichica percebeu a atitude dissimulada das jovens e ameaçou-as com voz de homem:

— Olha o chicote! Tome cuidado com o chicote!

Só então Maria voltou a si e lembrou o que viera fazer ali. Buscava auxílio, contava com o poder da macumbeira para safar-se da situação na qual se encontrava, e para consegui-lo seria capaz de tudo: encomendaria ebós, iria a encruzilhadas em plena meia-noite, compraria galinhas pretas a serem sacrificadas nos padês e tudo o mais que lhe pedissem.

A preta velha, atuada por um encantado, cumprimentava os presentes no círculo, um a um lhes apertava a mão. Rodopiava para um lado, rodopiava ao contrário e fazia uma breve consulta. Chegou a vez de Maria, que ao aperto de mão repassou discretamente a Mãe Chichica a importância de dez reais.

— Zefia tem probrema. É caso de home. Diga, para esta mãe véia, da tua angústia, menina — a voz saía rápida, rouca, descompassada, baixa, espremida, ecoando no recinto fechado.

— Eu acho que tô grávida — segredou Maria, trêmula, ao ouvido da sacerdotisa.

— Preta véia vai interceder por suncê. Quando os outro for embora, a mãe véia quer ter um dedo de prosa contigo — terminada a breve consulta, Mãe Chichica rodopiou novamente e foi falar com Cláudia.

No transe, a macumbeira iniciou nova sessão de gritos, gemidos e metamorfose facial. Maria começou a sentir náuseas:

— Cláudia, vamos embora.

— Não, espera. Ela não quer falar contigo?

— Esquece, tudo aqui me dá arrepios. Vamos embora agora, não aguento mais.

As amigas saíram da forma mais rápida e dissimulada que puderam, no meio da noite, dois vultos apressados andando pela favela.

***

Desde o encontro naquela noite, Cláudia demonstrava certa inquietação, pois não sabia a melhor forma de tratar de um assunto delicadíssimo com Maria. Buscando todas as forças em seu interior, Cláudia resignou-se a falar abertamente à amiga sobre qual seria, segundo a sua opinião, a mais sensata e racional medida a se adotar na atual situação.

— Quer saber a minha opinião? Em tudo se dá jeito.

— Que jeito, me explica, pelo amor de Deus! Que jeito, mulher? Se o He-Man está no presídio, não posso visitá-lo, e como se não bastasse, o fantasma da gravidez me atormentando. Ai, meu Deus!

— Eu não sei nem por onde começar... Não disse nada antes porque não sabia qual seria a tua reação, mas agora é inevitável. É o seguinte: eu conheço umas meninas que abortaram e sabem quem faz o serviço. Pensa bem, mulher, assim tu pode continuar levando a tua vida normalmente, ninguém precisa saber...

— Para, por favor! — Maria interrompeu a fala de Cláudia.

O conselho deu um nó na garganta da mulher-menina, mas talvez fosse mesmo a única solução: desfazer-se daquela criaturinha, sem ao menos saber se seria menino ou menina. Maria consternou-se, ao mesmo tempo revoltou-se contra a amiga e contra si mesma. Como poderiam cogitar tal perversidade? Elas duas, pessoas crescidas, tramando a morte de um nascituro inocente!

— É melhor deixar nascer — disse, resoluta. — Eu jamais me perdoaria se contribuísse para o homicídio do nosso bebê. E se for uma meninazinha? — os olhos maternos brilhavam. — Já imaginou?

.

Capítulo 8
Nascimento

Após a noite no terreiro da mãe Chichica, a barriga de Maria começou a crescer. Temendo que sua mãe descobrisse a gravidez, Maria passou a envolver a barriga com panos, para dissimulá-la. A criança era então mumificada no ventre. Dentro da barriga formava-se um ser, a princípio apenas uma bolota de carne disforme, mas logo foi criando formas, a cabeça gigantesca em relação ao corpo de girino, depois quiseram aparecer os braços e pernas, enquanto os olhos, os lábios e os ouvidos iam-se definindo e dando feições de gente ao feto.

Assim passaram-se os quatro primeiros meses de gestação, sem maiores problemas. Porém, o artifício de ocultar uma barriga crescente tornara-se tarefa por demais desconfortável, e os enjoos vinham em maior frequência. D. Cássia, que a princípio julgava ser tudo por conta da forte depressão de Maria, começou a relacionar atitudes suspeitas da filha, e dia a dia se aproximava da verdade.

No quinto mês, o inevitável aconteceu: numa manhã, quando mãe e filha se preparavam, como, aliás, faziam todas as manhãs, para irem juntas ao trabalho, por descuido Maria deixou a porta do quarto entreaberta e D. Cássia adentrou abruptamente para apressá-la, porque estavam atrasadas, e perguntar-lhe que tanta demora seria aquela em vestir-se. Deparou-se, então, com a cena insólita: Maria envolvia a barriga com lençóis, atando nós firmes e cuidadosos.

— Que é que você está fazendo, minha filha? Afinal de contas, o que significa isso?

Maria gelou da cabeça aos pés. Permaneceu imóvel, absorta, sem esboçar reação, como uma presa acuada por seu predador, um condenado que acabasse de receber a sentença de morte. Realmente não sabia o que fazer, o que dizer à sua mãe.

Finalmente saiu do estado de abalo no qual se encontrava. Chegou a abrir a boca para criar qualquer desculpa absurda, mas as palavras não saíram. Começou a chorar copiosamente, em altos berros, gemendo inconsolavelmente.

— Eu tô grávida — soluçou.

Foi o bastante para que D. Cássia se transfigurasse de tal modo que trouxe à memória da adolescente os mungangos de Mãe Chichica recebendo os orixás. Nos olhos da mulher havia apenas ódio, o ódio evocado pela confissão de Maria. D. Cássia arrebatou-a pelo braço, arrastando-a pela casa aos solavancos, ao mesmo tempo em que lhe desferia safanões.

— Ai, mãe, peraí! O meu braço tá doendo!

— Cala a boca! Cala a boca, sua sem-vergo-nha! E vai logo me dizendo quem foi o safado que fez isso contigo!

Maria calou.

— Vamo ver, diz logo! Desembucha, vai! Ah, não vai dizer, não é? Peraí que é já que você diz! — a esta altura D. Cássia já havia arrastado a filha até a sala, e como o silêncio da mulher-menina persistisse, resolveu-se então a levá-la ao quarto de casal, onde encontrou um cinturão de Seu Victor e passou a chicotear a grávida, descarregando a raiva e exigindo o nome do malfazejo que havia desgraçado sua filha. Com as mãos, Maria protegia o ventre, livrando-o da surra, e com isso deixava o resto do corpo exposto às cintadas que a atingiam até mesmo no rosto. Pela primeira vez na vida Maria experimentava o sabor amargo de uma sova, pois enquanto fora vivo, Seu Victor jamais encostara a mão na filha nem permitira à mulher que o fizesse.

Aos gritos de Maria, os irmãos acordaram e vieram em seu socorro.

— Vocês não se metam, a história aqui é entre mim e a irmã de vocês. Voltem já pro quarto!

Não voltaram, ficaram ali, pedindo para a mãe parar. Mas ela não parou, não tinha ouvidos, estava cega, surda e muda de ódio.

Maria aguentou o quanto pôde. O choro inicial cheio de lágrimas transformou-se a seguir num choro seco, cheio de rancor. As marcas do açoite maculavam o corpo da menina que, resignada, não delatava o amado.

— O teu pai nunca te deu uma surra, por isso que tu anda fazendo essas safadezas aí pelo meio do mundo. Pois agora eu vou te açoitar por mim e por todas as vezes que o teu pai deixou de te bater, sua sem-vergonha! — e após essas breves palavras e sem nunca largar o braço de Maria, D. Cássia deu prosseguimento à sessão de chibatadas.

Maria podia ter reagido, evitado a sova, mas deixou a mãe descarregar sobre ela toda a ira que sentia. Viu-se sem ação, e até se achou mesmo merecedora do castigo. D. Cássia nem parecia a serva de Deus que vivia nos cultos a orar e nas ruas a converter os infiéis, a bater nas portas de desconhecidos para levar a palavra do Salvador lendo versículos da Bíblia. Veio à tona a interiorana, bicho-do-mato, mulher brava de pavio curto, cheia de moralidade. Jamais aceitaria quieta tal situação, queria mesmo era saber o nome do safado que desonrara sua filha e desejava castigá-lo com uma surra dez vezes maior que a dispensada a Maria. *Essa menina besta teima em esconder o nome do desgraçado.*

Apesar de aceitar a pisa com resignação, Maria tomou uma surpreendente decisão: resolveu sair de casa, para onde exatamente não sabia. Mas de uma coisa estava certa, ali não permaneceria após tamanha humilhação.

Esse foi sem dúvida o maior desentendimento entre Maria e D. Cássia, e nem assim a menina agiu diferentemente, indo novamente buscar consolo e aconselhamento com a amiga de todas as horas.

Trazia, porém, na cabeça, a resolução de nunca mais voltar à casa de sua mãe.

Maria bateu palmas, e, ao chegar à porta, Cláudia ficou chocada. Maria chorava, a roupa que vestia estava em frangalhos.

— Entra, entra, Maria. Que foi isso, mulher, pelo amor de Deus?! Quem fez isso? Vem tomar um pouco d'água. Não me diga que a tua mãe...

Maria, taciturna, a nada respondia, apenas chorava. Após beber a água oferecida, respondeu à pergunta balançando a cabeça positivamente.

— Tu está cheia de hematomas. Como a tua mãe teve coragem de te bater dessa forma? Podemos ir à delegacia e denunciá-la por lesão corporal, Art. 129 do Código Penal.

— Não. Não vou à delegacia. Consigo compreendê-la, me acho merecedora do castigo. Mas nunca mais volto àquela casa.

— Você não fez nada para merecer um espancamento, devemos ir à delegacia prestar queixa contra D. Cássia.

— Lá vem você, Clau, com esse teu papo de direitos, leis, artigos e sei lá mais o quê. Nós não vamos denunciar a minha mãe. Escuta, amiga, queria te pedir um favor e saber se posso contar contigo.

— Se o favor depender apenas de mim, pode ficar tranquila.

— É que não tenho pra onde ir...

— Fique sossegada, Maria. Vou falar com a minha mãe. Aqui moramos só nós duas mesmo, aposto que ela não vai colocar empecilhos. Esteja à vontade, você pode ficar aqui o tempo que for necessário.

— É só por uns dias, enquanto consigo outro lugar. E tem mais, faço questão de contribuir com as despesas da casa. Nem sei como te agradecer, amiga.

— Você sabe que sempre pode contar comigo. E o bebê, como está? Você não sentiu nada?

— Não, não. Nada.

— Por que ela te espancou assim? Só porque descobriu a gravidez?

— Não. Ela queria saber o nome do pai, e eu, é claro, não disse.

— Por que, mulher?

— Já basta a polícia e a justiça para incriminarem o meu amor.

— Acorda, mulher, o He-Man é um criminoso, tá preso há cinco meses, e aposto que ele nem pensa em ti. Ele tem o costume de comer o cabaço das meninas e depois desaparecer. Por que tu acha que contigo seria diferente?

— Para, Clau, se é para falar mal do He-Man pode parar, por favor. Eu sinto que ele gosta de mim. Tenho escrito cartas para ele, envio pela irmã dele que estuda na nossa escola. Nos dias de visita, ela leva os meus envelopes e sempre volta dizendo que ele me ama. Nessa vida He-Man só tem a nós duas, os pais já morreram, os irmãos homens foram todos mortos, envolvidos com a criminalidade.

— Ele já sabe da tua gravidez?

— Bem... Sim, sabe.

— E o que ele disse a respeito?

— Assim... Primeiro, ele disse que eu tirasse a criança, mas tu sabe como a prisão perturba a cabeça das pessoas. Depois escrevi explicando o porquê de eu não fazer isso. Desde então ele não toca mais no assunto. Diz não compreender a razão de eu escrever essas cartas pra ele.

— Será que tu não percebe que ele só faz isso porque está sozinho na vida? Para tu ter uma ideia, ele foi abandonado até pelos Gladiadores Urbanos. Já que você não quer mesmo botar esse menino pra fora, se eu fosse você, tratava logo de esquecer esse homem, tinha o bebê e depois arranjava alguém que me merecesse. Pensa bem, Maria, que exemplo o He-Man pode dar a essa criança?

— Já chega, Clau! Ele me ama e isso é o que importa!

— Vamo ver se ele diz o mesmo quando sair da prisão. Não tô torcendo pelo teu mal, não, mulher, só tô querendo abrir os teus olhos. Ele só quer saber de menininhas virgens, nunca assumiu nenhum dos inúmeros meninos que pôs no mundo. Tu não vai mais interessar a ele e aí vai sofrer sem necessidade.

— Pois eu vou pagar para ver.

— E pelo visto vai pagar caro por não ter me escutado — Cláudia tinha nos lábios um sorriso de Mona Lisa.

D. Jéssica Munhoz estranhou os quarenta e cinco minutos de atraso de D. Cássia, logo ela, a funcionária exemplar, que costumava chegar à confecção quinze minutos antes do início do expediente. Causou maior estranheza ainda a sua chegada solitária, pois até então sempre chegavam juntas, mãe e filha. D. Cássia ficava no térreo, onde passava o dia costurando as peças encomendadas e as recordações de dias felizes no interior, quando Seu Victor ainda vivia; e Maria ia cuidar dos afazeres domésticos na residência da madrinha, no primeiro andar.

Mesmo estranhando o ocorrido, D. Jéssica nada perguntou. Nesse dia Maria faltou. No outro dia, D. Cássia chegou no horário de costume, mas novamente estava sozinha. Maria chegou na hora exata de começar o expediente, evitando o encontro indesejado, os hematomas do rosto e dos braços camuflados com maquiagem pesada.

Mal subiu ao primeiro andar, a mulher-menina começou a chorar. D. Jéssica se aproximou da adolescente e só então tomou conhecimento de todo o ocorrido. Comovida pela situação difícil de Maria, se ofereceu para adotar a criança, certa de que teria o consentimento da afilhada; para sua surpresa, entretanto, a mulher-menina se negou terminantemente a aceitar sua sugestão.

Barriga à mostra, agora sem ataduras a camuflá-la, Maria ia passando o restante da gravidez, para desgosto de D. Cássia, que fazia questão de dizer que não tinha filha. A correspondência entre Maria e He--Man continuava, e o amor da adolescente pelo criminoso aumentava. Mesmo depois das duras lições da vida, continuava a mesma menina sonhadora de antes, sim, era uma menina, mulher-menina.

Na favela, continuava a guerra pelo domínio do território. As vítimas se multiplicavam, numa escalada de violência entre os Gladiadores Urbanos e os Garotos Infernais. Só não faltavam soldados para os dois exércitos porque Maria e outras adolescentes eram emprenhadas pelos delinquentes, e mesmo senhoras respeitáveis esperavam filhos de seus maridos trabalhadores gerando inconscientemente em seus ventres o material humano que futuramente iria repor as fileiras das organizações criminosas.

Apesar das negativas de Maria, D. Jéssica Munhoz, procurando agradá-la para com isso conseguir a guarda da criança, prontificou-se a comprar-lhe o enxoval. Outro a solidarizar-se com a questão foi Seu Zé da Bodega, este de forma desinteressada, pelo menos em relação a Maria: dispôs-se tanto a doar o enxoval como a entregar mensalmente uma cesta-básica à adolescente. Imaginava assim agradar D. Cássia, quando na verdade a desgostava. D. Cássia vivia a rogar pragas, tanto à Maria como à criança, à qual ela chamava de "fruto do pecado". A irmã de He-Man, por sua vez, prontificou-se a auxiliar Maria no resguardo.

Assim Maria trabalhou e estudou até os oito meses de gestação. Neste ponto da gravidez os pés incharam, tornando difícil a locomoção. A continuação da rotina tornou-se inviável. Maria abandonou os estudos, teve de ficar em repouso absoluto na casa de Cláudia. Ora sentada no sofá assistindo à televisão, ora dormindo ou comendo, ela achava tudo aquilo um saco, mas não havia o que fazer.

A mulher-menina aproveitava esse tempo ocioso para imaginar como seria essa criança, que ela não sabia nem mesmo se seria menino ou menina. Não fizera pré-natal, não fizera nenhuma ultrassonografia. De uma coisa ela tinha certeza: se fosse menino, não seria gangueiro, seria médico, advogado; se fosse menina, seria odontóloga, realizando assim o seu sonho frustrado, pois pouco a pouco Maria ia perdendo a esperança de realizar seu antigo desejo. Se este já era praticamente impossível de se concretizar antes da gravidez, imagine então tendo uma criança para educar, alimentar e livrar do mau caminho.

Outro dilema enfrentado pela futura mãe dizia respeito à escolha do nome do nascituro. Todos davam pitaco: D. Jéssica, como pretensa mãe adotiva, não deixou de optar, e por meio de diferentes argumentos procurava convencer Maria a chamá-la, caso fosse homem, de Pedro Paulo; se fosse menina poderia chamar-se Jéssica Maria, numa fusão dos nomes das duas mães. Seu Zé da Bodega, na condição de pretenso padrinho, sugeriu os nomes de José Washington para menino e Karla para menina. D. Cássia não ligava importância a tal escolha, contanto que a malcriada da filha não se atrevesse a colocar, no fruto do pecado, o nome de Victor ou Cássia.

He-Man, por sua vez, aprisionado em meio a criminosos de toda espécie, alguns deles seus inimigos declarados, tinha mais com o que se preocupar.

Completaram-se os nove meses da gravidez e estando Maria preguiçosamente sentada na poltrona, assistindo à novela das seis, durante uma cena de grande romantismo e de capital importância para o

desfecho da história começou a sentir as dores e contrações do parto. Cláudia correu à bodega do Seu Zé,
que informado sobre a urgência do ocorrido baixou
os portões do estabelecimento, enxotando alguns pa-
pudinhos que começavam a se aglomerar junto ao
balcão. Tirou sua Belina II da garagem, Cláudia em-
barcou no veículo e em poucos instantes chegaram à
sua casa, onde puseram Maria no veículo e partiram
para a maternidade. A bolsa da adolescente tinha se
rompido. As amigas iam no banco de trás, Maria dei-
tada de pernas abertas tendo a cabeça pousada sobre
as pernas de Cláudia, que ia sentada.

Ao chegar à maternidade, Maria foi levada
imediatamente à sala de parto, onde, sem maiores
complicações além das dores e contrações, a criança
nasceu às 20h15 do dia 30 de novembro.

Capítulo 9
Morte prematura

Uma Maria emocionada como nunca antes na vida envolvia nos braços, cheia de instinto materno, o recém-nascido — um menino-macho, de proporções minúsculas. Sim, era um garoto, um menino avermelhado, peludo, um Esaú magrinho, com manchas roxas pelo corpo.

Vieram as visitas: D. Jéssica Munhoz, colegas da escola e até o professor Florêncio resolveu vir à maternidade para conhecer a criança e incentivar o retorno de Maria aos estudos.

Surpreendendo a médicos e enfermeiras, a criança, que num primeiro exame demonstrava ter saúde frágil, poucas horas após o nascimento estava tão cheia de vida quanto qualquer outra, e, dois dias após o parto mãe e filho tiveram alta.

Ao voltar à casa de Cláudia, Maria teve de dedicar sua atenção à escolha do nome para o menino. Diante do impasse entre as sugestões dadas por

D. Jéssica e Seu Zé da Bodega, optou-se por adotar um meio termo, e o nome da criança, forjado de um mescla entre Pedro Paulo e José Washington, resultou em Pedro Washington.

Durante os primeiros dias do resguardo a irmã de He-Man, cumprindo a promessa, auxiliou Maria, desmanchando-se de amores pelo pequeno. O pai soube do nascimento de Pedro Washington um dia após Maria dar à luz o filho, pois coincidiu de ser esse, também, um dia de visitas no presídio, tendo a irmã lhe levado a boa nova. Ele não fazia ideia de quantos filhos espalhara por este mundo, nem queria fazer, pois desde a pré-adolescência, contando os seus onze anos, dedicara-se com a mesma intensidade ao crime e à missão de descabaçar menininhas inocentes, participando de orgias no Porcão Club e noutros locais promíscuos.

Desta vez, no entanto, He-Man via-se pela primeira vez afetivamente ligado a uma menininha inocente que passara por sua vida, e mais, queria saber do menino. A partir do nascimento do filho, passou a desejar intensamente a liberdade, para curti-la ao lado de sua mulher e da criança. Constituiria família, sairia da criminalidade. Estivera preso outras vezes, e nessas ocasiões desejara a liberdade e arquitetara fugas no intuito de voltar a praticar delitos. Mas agora se sentia estranho, humano.

Outra a mudar surpreendentemente de personalidade com o nascimento de Pedro Washington foi D. Cássia. O instinto materno tomou conta também da avó. Rapidamente esqueceu a desavença com a filha, procurando de todas as formas a reconciliação. Depois de muita insistência, Maria terminou aceitando as desculpas de D. Cássia e permitiu que visitasse o neto, pusesse-o nos braços. Ao avistá-lo pela primeira vez, a evangélica mudou repentinamente de opinião sobre o nome a ser posto na criança, pois se o menino não era a cara do avô? Maria explicou que o caso não tinha volta, outro nome já fora dado.

Aceitando a contragosto a escolha do nome, D. Cássia não se contentou apenas com visitar o neto, queria levá-lo para junto de si, e com ele naturalmente viria a mãe, e de tal forma insistiu que acabou por convencer a resoluta Maria a voltar para casa. Maria condicionou sua volta a uma exigência: a irmã de He-Man viria junto, e lá passaria alguns dias a assisti--la. D. Cássia contra-argumentou que isso não seria necessário, pois estaria sempre ao lado da filha para auxiliá-la no que fosse preciso. Maria, por sua vez, contestou a mãe colocando como empecilho o trabalho de D. Cássia. E se ela não quisesse assim, tudo bem, ficaria na casa de Clau mesmo; estava muito bem, obrigada. A este argumento a costureira cedeu, aceitando a condição imposta.

Por respeito, D. Cássia não insistiu mais em saber o nome do pai, e por orgulho, Maria nada falou a respeito, nem sequer informou sua mãe de que a menina que ela estava levando era tia de Pedro Washington.

Cinco dias após ir morar na casa da avó, o menino teve uma febre alta, coisa séria. Levaram-no apressadamente ao pronto-socorro na Belina II de

Seu Zé da Bodega, que fazia as vezes de ambulância na Favela dos Trilhos, levando doentes aos hospitais e trazendo convalescentes. D. Cássia, cheia de cuidados, ao ver o menino tão doente temeu pelo pior. Os médicos diagnosticaram uma grave infecção na garganta, e após medicá-lo disseram que tudo dependeria dele. Caso reagisse aos medicamentos poderia estar de volta a casa em poucas semanas. O pequeno, no entanto, a exemplo do ocorrido na maternidade, demonstrou surpreendente capacidade de recuperação, e em oito dias teve alta. Os médicos alertaram Maria sobre o risco de uma possível recaída, haja vista a pequena resistência imunológica do menino.

Era dezembro, e na televisão passavam comerciais de Papai Noel. Todos faziam planos para o próximo ano, e o melhor do ano novo era justamente a espera pelo novo ano. Na festa da virada todos encheriam a cara, se confraternizariam e desejariam um Feliz Ano Novo ao próximo.

Em todos os cuidados para com o filho Maria relembrava He-Man, e ansiava o dia de apresentar-lhe o filho. Ao contrário de D. Cássia, que via no neto todas as características de Seu Victor, Maria via no menino uma cópia perfeita de He-Man, e por isso ela amava ainda mais o menino.

Mal sabia Maria de todas as dificuldades enfrentadas por He-Man no presídio, onde se encontrava aprisionado numa cela com outros membros dos Gladiadores Urbanos, o que, a princípio, lhe deu certa segurança. Por outro lado, no mesmo pavilhão, criminosos da recém-criada Garotos Infernais ocupavam-se em hostilizá-lo, com o claro intuito de criar uma oportunidade para liquidá-lo.

Quatro dias após o nascimento de Pedro Washington, durante o banho de sol, os presos se aglomeravam no pátio do pavilhão conhecido como Selva de Pedra. Nego Doido, o mais considerado Garoto Infernal preso, travou um duelo ferrenho com He-Man, jurando-o de morte. Os policiais e agentes penitenciários conseguiram chegar rapidamente ao local do conflito, e como punição ambos tiveram de passar uma semana na solitária. Ao voltar ao convívio dos outros presos, He-Man tinha um filho de doze dias, e queria vê-lo a qualquer custo. Em seus pensamentos via a criança crescendo ao seu lado, sendo ensinada por ele. Ao sair daquele inferno, mudaria radicalmente o seu estilo de vida, trataria de ser um exemplo para o menino, a quem ensinaria a empinar arraias, jogar bila, pião e futebol. Da criança conhecia apenas o nome: Pedro Washington. Não achou a escolha má, se bem que teria preferido dar ao filho o nome de Francisco Júnior.

O nascimento de Pedro Washington deu a He-Man novo ânimo para suportar a prisão. Tudo que ele queria era manter-se longe de confusões, pois sabia que assim seu advogado poderia ajudá-lo a obter a liberdade condicional, por bom comportamento. Ao contrário dele, Nego Doido só pensava em vingança, e, de todas as formas procurava insultar He-Man, a quem desafiava para um novo combate.

Nos primeiros dias de detenção, He-Man teve a proteção dos outros Gladiadores Urbanos e conseguiu se manter livre das provocações de Nego Doido. Isso apenas nos primeiros dias, pois logo que perceberam a vontade manifestada por He-Man de sair da gangue e abandonar a criminalidade assim que ganhasse a liberdade, passaram também a hostilizá-lo. E se não o agrediam, tampouco o protegiam. Mesmo Carlim já gozava de maior prestígio que He-Man entre os Gladiadores.

Cinco dias após ter saído da solitária, He-Man foi encurralado por Nego Doido, novamente durante o banho de sol.

— Ei, maluco, a gente tem umas conta aí pra acertar.

He-Man, surpreendido pela aparição repentina, tentou argumentar:

— Nego Doido, não quero briga, isso só vai prejudicar a gente, cai fora, meu irmão. Os hômi tão de olho.

Indiferente à advertência de He-Man, Nego Doido deu-lhe um empurrão:

— Tá com medinho da solitária, He-Man? Tá querendo ser certinho, é? Então, vai ser certinho no inferno!

Sentindo o agravamento da situação, He-Man acenou para os Gladiadores Urbanos, que o ignoraram por completo. Sozinho naquela situação periclitante, sentiu o seu fim aproximar-se.

Nego Doido avançou para cobrir o desafeto de socos e pontapés, mas antes de consegui-lo a dor resultante de um golpe de cassetete o atingiu nas costas, fazendo-o retorcer-se como uma cobra.

— Ai, porra!

Os agentes penitenciários e policiais tinham chegado, e o autor do golpe aconselhou:

— Vamos, mocinhas, circulando! Nada de briga aqui no pátio!

A dor que sentia fazia Nego Doido rosnar de ódio, os olhos vermelhos e esbugalhados que lhe haviam rendido o apelido ainda mais vermelhos e esbugalhados. Saiu resmungando:

— O teu dia vai chegar, doido, não tá longe não. Te prepara, maluco!

He-Man se virou e saiu caminhando lentamente, cabisbaixo, pressentindo nas palavras de Nego Doido uma profecia. Os Gladiadores o desprezavam, os Garotos o hostilizavam. Na sua vida, restavam apenas Maria, Pedro Washington e a irmã.

Quantos anos mais ele teria de passar ali, riscando a parede na contagem dos dias, esperando a liberdade? Nego Doido jamais desistiria de seu intento. He-Man o conhecia bem, tinham sido amigos na infância. Nego Doido de forma alguma se preocupava em ter bom comportamento na prisão. Estava condenado a sessenta e dois anos em regime fechado, sabia que não viveria o suficiente para ver cumprirem-se os dias de sua pena. Os únicos meios de ganhar a liberdade seriam uma fuga ousada ou a morte.

Todo dia de visitas a irmã de He-Man ia encontrá-lo, e sempre trazia consigo uma carta de Maria. Nas duas últimas visitas, o tema quase exclusivo das cartas passou a ser, justamente, Pedro Washington. Maria escrevia sobre a esperteza do menino, sua semelhança com o pai. A mulher-menina encorajava o presidiário a enfrentar a pena com serenidade. E foi num dia de visitas que aconteceu de He-Man ficar perturbado, desatento ao que a irmã lhe falava. Pedia a ela que repetisse as novidades duas ou três vezes, pois não havia escutado, e isso a irritava bastante.

— Que é que você tem, Francisco? Eu falo e tu não presta atenção, parece que tá em outro lugar!

— Nada não, maninha, mas repete aí que eu não entendi.

Tratou de esconder da irmã o receio que sentia, pois nos últimos dias houvera intensa conversação entre os detentos, conversavam em voz baixa pelos cantos, trocavam bilhetes enquanto caminhavam disfarçadamente pelo pátio ou pelos corredores. He-Man não tinha acesso a esses bilhetes e conversas.

Estranhamente, Gladiadores Urbanos e Garotos Infernais trabalhavam em conjunto, esquecendo as diferenças, a rivalidade, parecia que todos tinham voltado à infância, quando eram amigos. Se He-Man perguntava algo, diziam a ele que se tranquilizasse, ficasse frio, não era nada. Para piorar a situação, o que quer que fosse aquilo Nego Doido tinha sido escolhido para liderar o movimento, dava as ordens, reclamava, e os outros obedeciam.

A irmã dava prosseguimento à conversa e He-Man nem aí, a cogitar possibilidades tenebrosas. Pipocaram tiros, viu-se fumaça saindo das janelas do pavilhão, a trama foi posta em prática: uma rebelião.

A princípio, doze agentes penitenciários foram feitos reféns, e as visitas também não poderiam sair. Logo He-Man foi arrastado e levado para junto dos demais reféns, a irmã se descabelando, implorando que não fizessem nada a ele.

Os policiais do presídio pediram reforço, a polícia cercou o lugar, o batalhão de choque da PM estava a postos, preparado para o embate. No céu um helicóptero monitorava a rebelião, iniciaram-se as negociações.

Os doze agentes e He-Man tinham armas apontadas para a cabeça.

Sob ordens expressas de Nego Doido os detentos levaram todos os colchões para o pátio, onde foram empilhados e incendiados. Nego Doido nunca se sentira tão poderoso na vida: a um só tempo liderava as duas gangues da Favela dos Trilhos.

A primeira exigência do líder da rebelião foi a de receber um *walkie-talkie* para a comunicação e negociação. Entre as condições que Nego Doido impunha para acabar a rebelião estavam sua transferência para outro presídio, de menor segurança, melhoria na comida da cadeia, colchões mais confortáveis. O líder do motim negociava diretamente com o Diretor do IPPS.

— Se vocês não me der o que eu tô pedindo, eu vou rolar a cabeça desses doido aqui! Eu não tô brincando, não!

A imprensa foi informada e chegou ao presídio juntamente com o reforço policial. Ao perceber a presença de TV, Nego Doido, sentindo-se o dono da situação, deu ordens para levarem os reféns para a cobertura do presídio. De lá passou a negociar com autoridade, ameaçando jogá-los ao chão.

As emissoras de televisão transmitiam a rebelião ao vivo. Os presidiários transitavam à vontade pelas dependências do presídio, a maioria empunhando cossocos. Uns poucos portavam pistolas e revólveres vindos ninguém sabia de onde.

He-Man tinha um revólver apontado para a cabeça e um cossoco encostando a lâmina fria no seu pescoço. A esperança de conhecer o filho dava-lhe força, e por isso ele orava a Deus.

Assim se passaram quatro horas, a noite vinha chegando. Cortaram o abastecimento de água e luz do presídio, e pouco se avançou nas negociações. De concreto mesmo, Nego Doido só conseguiu o *walkie-talkie*. Os policiais haviam adotado a estratégia de vencer o inimigo pelo cansaço, o que irritou sobremaneira o líder do motim.

— Ou *vocês faz* o que eu quero, ou eu vou começar a fazer desgraça!

— Tenha calma, nós estamos providenciando tudo, precisamos de uma demonstração de confiança por parte de vocês. Libertem os reféns e entreguem as armas.

— Tu pensa que eu tô brincando, é, Seu Diretor? Vou te mostrar que não!

Era domingo, e Maria tomou conhecimento da rebelião, ligou a televisão e lá estava He-Man. Há quanto tempo ela não o via? Fazia quase um ano, ano que se arrastava, lento e eterno. Queria ver He-Man, sem dúvida. Não podia visitá-lo, mas não queria vê-

-lo naquela situação. A mulher-menina trouxe Pedro
Washington para diante da televisão.

— Olha, meu filho, aquele ali é o papai — lágrimas escorriam pelo rosto de Maria.

A criança sorria vendo o pai, como se enten-
desse o que a mãe falava. Maria começou a rezar. Só
sabia o Pai Nosso e a Ave Maria. Ela rezava em casa;
He-Man, no presídio.

Nego Doido perdeu a paciência:

— Vocês pediram, então lá vai. Eu vou fazer
esse doido aqui — o líder do motim puxou He-Man
pelo colarinho da camisa, as câmeras da TV registra-
vam tudo, graças a holofotes potentes. Nego Doido
tinha uma pistola na mão e um facão na cintura, pôs
a pistola na cintura e sacou o facão. He-Man não es-
boçou reação, só implorava.

— Ei, Nego Doido, qualé, cara, tu vai fazer
essa sujeira comigo? Eu não matei o Bocão não, meu
velho.

— Agora tá arrependido? Quer negar o que
fez? Eu sei que tu confessou pro delegado, meu irmão. Tu tem que pagar com sangue a morte do meu
brother, *tá* ligado?

— Deixa eu viver, cara, eu quero conhecer o
meu filho.

— Tu vai conhecer esse teu filho aí no inferno!

— Não, cara, peraí!

Segurando He-Man pelos cabelos, arrastou a
cabeça do Gladiador Urbano, acomodando-a sobre a
mureta de proteção da cobertura. Quando criança, a
mãe de Nego Doido o mandava ir comprar galinha

no Seu Zé da Bodega, "Menino, vai ali no Seu Zé da Bodega comprar a galinha pro almoço, é 250g, diz pra ele botar na caderneta". Nego Doido tinha seis irmãos, obedecia às ordens da mãe, ia ao comércio, comprava a mistura. Seu Zé da Bodega pegava o cadáver da galinha no freezer, deitava-a sobre uma tábua de bater carne e começava a esquartejá-la. Com a técnica apurada de exímio marchante, o bodegueiro decepava o pescoço da galinha com um golpe certeiro.

E foi sem nenhuma piedade que Nego Doido desferiu um golpe violento no pescoço de He-Man, que gritava. Ouviu-se um "creck", como quando Seu Zé da Bodega partia a titela de uma galinha. Mas a cabeça de He-Man insistiu em ficar ligada ao corpo, e Nego Doido deu mais dois golpes até conseguir o intento.

As TVs não mostraram a cena ao vivo. Durante o assassinato, apresentaram imagens da entrada do presídio, onde os familiares de presidiários desesperados gritavam e policiais alvoroçados se preparavam para invadir o local.

O assassino jogou primeiro o corpo de He-Man no chão, para um lado, depois para o outro a cabeça, que caiu quicando como uma bola de futebol.

Todo ensanguentado, Nego Doido pegou o *walkie-talkie* e ameaçou:

– Daqui pra frente vai ser um a cada meia hora, até vocês atender as nossas reinvindicação!

CAPÍTULO 10
OVERDOSE

Maria, desesperada, não queria acreditar no ocorrido. Chorava, inconsolável. Os repórteres da TV e do rádio a magoavam, repetindo incessantemente a notícia: "A rebelião no IPPS durou cinco horas. Começou durante o horário de visitas, quando doze agentes penitenciários foram feitos reféns. As visitas foram retidas pelos presos. O detento conhecido como He-Man, de vinte e um anos, foi executado pelo líder do motim, Nego Doido. Após essa morte, as negociações avançaram e a rebelião teve fim no início da noite".

A adolescente abraçou forte o filho, e ao ver sua mãe chorando o menino começou a chorar também.

— Agora somos só nós dois, meu filho.

Ao saber da notícia, Cláudia correu ao encontro da amiga para consolá-la.

Ao ver o desespero da filha, D. Cássia resmungou:

— Deixa de ser besta, minha filha. O que é que você quer, chorando a morte desse criminoso? Ele era seu amigo? Não me diga que ele é o pai dessa criança?

— E se ele for, mãe? Que diferença faz? Ele já tá morto, mesmo.

D. Cássia pegou Pedro Washington dos braços de Maria e deitou-o na rede. Cláudia dormiu na casa de Maria, dando à amiga todo o apoio necessário.

Nunca antes uma tristeza tão arrebatadora tomara Maria, que chorava copiosamente, não aceitava nada. D. Cássia ofereceu água: "Não". Cláudia ofereceu colo: "Não". D. Cássia ofereceu chá: "Não". Cláudia ofereceu...

— Eu já disse que não quero nada, Clau, por favor, não insista. Quero apenas refletir um pouco sobre tudo isso, sobre o que será da minha vida daqui por diante. Mãe, cuide do Pedro Washington para mim.

Uma recordação nebulosa começou a surgir na cabeça de Maria, e aos poucos foi-se tornando nítida. Veio à sua cabeça a morte de João Beiçola. Na noite seguinte à da fatídica madrugada do crime, os Gladiadores Urbanos prestaram a última homenagem ao Gladiador-Mor, uma festa orgiástica na qual Cabeção foi empossado como novo líder da organização criminosa, prometendo vingança. A celebração aconteceu no QG dos criminosos, o barraco da velha Dolores, e drogas foram consumidas à vontade, sem custo para os convivas. Os moradores ouviram rajadas de metralhadora. Atiravam para cima, nem mesmo o grande cerco policial que sitiava a favela impediu a celebração.

A morte, a exemplo do dinheiro, é algo que pode de um instante para outro mudar por completo o *status* de uma pessoa. Em vida, He-Man nunca gozara de grande prestígio entre os seus pares, pelo contrário, era desprezado, tido na conta de fraco e covarde. A morte provocou sua metamorfose, a ponto de Cabeção homenageá-lo com pompas de grande traficante.

Assim sendo, na noite de terça, duas após a morte relatada no final do capítulo anterior, os Gladiadores promoveram uma grande celebração em honra da memória de He-Man. O mais impressionante é que cada um tinha uma história interessante para contar do ora destemido He-Man. Verdade que houve entre eles quem contestasse tão distinto tratamento ao degolado, mas estes se calaram quando Cabeção defendeu o finado usando para isso fortes argumentos.

— A gente matou o Beiçola e o He-Man comeu o pato sozinho, em nome dos Gladiadores. O cara se garantiu! Vamo ficar muito doido em consideração a ele! A erva tá liberada, o pó tá liberado, a heroína também. Tá tudo dominado!

E a casa de D. Dolores apinhou-se de gangueiros. A velha trancou-se no seu quarto dando duas voltas na chave, e assistia novela balançando-se na rede. Enquanto isso, mais e mais convidados chegavam, faziam zoada, drogavam-se e efetuavam disparos para o céu.

— Com a coroa, ninguém mexe — decretou Cabeção.

A velha até rezou um terço pela alma de He--Man: "Estes meninos não têm mesmo jeito", ela gostava deles, vira-os estufando as barrigas de suas mães, nascerem e crescerem... e agora matavam uns aos outros. "Deus me livre e guarde!" Fez o sinal da cruz e voltou à televisão.

D. Dolores era católica praticante, defensora das tradições da Santa Madre Igreja Católica Apostólica Romana. Todos os domingos ia à Igreja de São Sebastião pela manhã, se confessava com Padre Nestor, comungava e ofertava uma generosa quantia em dinheiro. Não raro, durante seus longos sermões, o pároco fazia menção à boa velhinha, apresentando-a como fiel exemplar.

D. Dolores tinha um enorme coração de mãe, rezava por todos os seus filhos, para que Deus os livrasse da perseguição policial. Sim, a velhinha chamava de filhos aos traficantes que a remuneravam. A remuneração paga pelos Gladiadores ajudava a velha a viver dignamente em meio à miséria.

Na segunda-feira a Favela dos Trilhos só falou da morte ocorrida na rebelião, e na terça pela manhã todos ficaram sabendo a notícia de que os Gladiadores homenageariam He-Man. A informação circulou por meio de cochichos, o meio usual de comunicação do lugar. Por isso, à noite, a comunidade recolheu-se cedo, temendo a baderna que seria promovida pelos traficantes depois que saíssem da orgia.

A informação acabou chegando aos ouvidos

de Maria no início da tarde. Maria sentiu orgulho de He-Man, o homem da sua vida homenageado com tão honrosa distinção! Resolveu, então, comparecer ao evento.

Chegou a noite, o céu carregado de negras nuvens serenava, D. Cássia e os irmãos da adolescente dormiam, Pedro Washington também. Maria, acordada, caminhou pé ante pé. Saiu de casa sorrateiramente, não sem antes ir à rede do filho dar-lhe um beijo na testa, deixando para trás o que lhe restava de família. Os dois homens que mais amara na vida haviam tido mortes trágicas: Seu Victor com um tiro na cabeça, e o namorado com a cabeça decepada.

A menina-mulher vestia uma camisola branca de tecido barato, calçava chinelos, de roupa íntima usava apenas calcinha. Os passos de Maria na lama salpicavam-lhe as vestes. O sereno persistia, eram raras as luzes acesas nos postes, um breu, a adolescente guiava-se graças ao conhecimento prévio que tinha do lugar.

Na casa de D. Dolores, Maria foi recebida com grande entusiasmo. Todos já estavam alterados, afetados pelas drogas. Uns davam pêsames, outros vivas, tinha também os que sugeriam rodadas de cocaína. O odor da maconha queimando fazia as vezes de um incenso alucinógeno, e a menina-mulher recordou a primeira vez que fumara a *Cannabis*.

Um baseado passava de mão em mão. Quando chegou a Maria ela deu um tapa no bagulho e entrou no clima da festa. Depois vieram outras drogas. Entregaram-lhe um prato cheio de fileiras de coca e um canudo, ela aspirou duas carreiras de pó. Mais tarde se viu de seringa na mão; tentou aplicar sozinha a heroína, não conseguiu, já havia perdido a coordenação motora. Delirava, pediu ajuda a um Gladiador e só então pôde sentir a droga misturar-se ao seu sangue. Maria estava leve, feliz, feliz! Alucinada.

Vinham à cabeça da menina-mulher diversos e desconexos *flashes* de memória. Ela ria, chorava, corria, pulava, gritava o nome do amado, abraçava a todos. Lembrou-se da infância feliz em família, o pai indo buscá-la na escola. Recordou a festa de 15 anos, todos os preparativos e acontecimentos, He-Man adentrando o seu quarto pela janela, os momentos de amor que tiveram naquela noite. Em segundos, Pedro Washington cresceu dentro do seu ventre e foi expelido de suas entranhas, veio à luz e conheceu o mundo. No arrebatamento das drogas, a adolescente chegou mesmo a acompanhar o desenvolvimento do filho no decorrer de anos. O menino, assim como todos os outros dali, crescia na Favela dos Trilhos, pisava na lama, nos esgotos. Pedro Washington era um menino impossível, vivia a correr pelos becos fazendo danação, brincava de bila, pião, soltava arraia. E no fim da breve infância um amiguinho lhe oferecia loló, e assim o filho de Maria entrava, a exemplo do namorado, no mundo das drogas. Pouco depois entrava para os Gladiadores Urbanos ocupando um posto subalterno como o que fora um dia ocupado por He-Man. Aprendia a matar gente, gente inocente, inimigos, quem fosse preciso.

A orgiástica celebração em memória de He-

-Man ocupava a sala, a cozinha e o quintal da piedosa D. Dolores. Às onze horas, o sereno do início da noite vertcu-se em chuva torrencial, prejudicando o prosseguimento do evento. Nos barracos da favela, o chão batido vertia água inundando as precárias moradias, deixando em estado deplorável a pobre mobília daquela gente.

Veio em Maria a vontade de voltar para casa, gritava por D. Cássia, voltara à infância. Saiu do barraco sendo cumprimentada por todos.

Os gangueiros também se retiraram, montados em suas zoadentas mobiletes, e mesmo chovendo formaram bandos que passaram a promover toda sorte de desordens pelos becos da favela: arrombavam portas, saqueavam bodegas, atiravam no telhado de barracos, promoviam buzinaços.

A chuva torrencial batia no rosto de Maria e ela não conseguia enxergar nada. A camisola branca ensopada se fixou ao corpo da mulher-menina, destacando sua silhueta. Podia-se mesmo falar em semi-nudez, pois que expostos estavam os bicos rosados dos fartos seios crescidos durante a gravidcz.

A adolescente seguiu direto para a Rua dos Trilhos, sua casa ficava bem ali adiante. Para facilitar o trajeto, resolveu caminhar sobre os dormentes, entre os trilhos. As alucinações continuavam, sentia os batimentos cardíacos se acelerarem, uma vertigem a tomava. Andava cambaleante, ziguezagueando de um a outro lado dos trilhos, o frio castigando. Respirava sofregamente, abrindo a boca e puxando o ar como uma nadadora.

Chorava, gritava e corria desesperada. O mundo começou a tremer, ela ouvia sons indecifráveis, se apitos ou trovões não sabia. Um forte feixe de luz rompia a escuridão da noite e a violência da chuva. Seria o sol àquela hora? Não duvidava, no estado em que Maria se encontrava nada era absurdo. Sim, poderia ser o sol raiando à meia-noite, vindo acordar mais cedo o povo da favela.

Pois o sol vinha ao encontro da menina-mulher. Aproximava-se rapidamente, as passadas do astro fazendo barulho como os trovões e estremecendo o chão. Mas não, não seria o sol, o sol não anda assim tão rápido em linha reta e na direção de uma pessoa. Claro, por que não pensara nisso antes? Só poderia ser He-Man, vindo de mobilete para buscá-la, bem como ela sonhara que acontecesse na Igreja de São Sebastião por ocasião da missa de quinze anos. Daquela vez o príncipe encantado falhara, mas agora estava ali, vinha célere.

A luz, a luz se aproximava, o apito zoadento anunciando a chegada do amado. Maria, como uma mariposa fascinada pela luz, dirigia-se ao farol, encandeada queria fundir-se à claridade, integrar-se a He-Man. Ora corria, ora andava cambaleante.

Abriu os braços e seguiu correndo, repetindo o gesto que fazia todas as noites em sonho, para abraçar Seu Victor. Abraçaria o namorado, a luz vinha, o frio tinha aumentado, ela queria o calor da luz, entregar-se ao calor do clarão.

— Vem, amor! Eu preciso do teu calor!

O maquinista apitava, pois estava próximo a um cruzamento. Viu um vulto e ouviu o impacto. Cogitou ter atropelado um animal de grande porte, um cavalo, uma vaca talvez.